斯阳 著

恰逢其时

华东师范大学出版社

·上海·

图书在版编目（CIP）数据

恰逢其时/斯阳著. —上海：华东师范大学出版社,2023

ISBN 978－7－5760－4201－6

Ⅰ.①恰… Ⅱ.①斯… Ⅲ.①诗集－中国－当代 Ⅳ.①I227

中国国家版本馆 CIP 数据核字（2023）第 182181 号

恰逢其时

著　　者　斯　阳
责任编辑　曾　睿
责任校对　时东明
装帧设计　卢晓红

出版发行　华东师范大学出版社
社　　址　上海市中山北路 3663 号　邮编 200062
网　　址　www.ecnupress.com.cn
电　　话　021－60821666　行政传真 021－62572105
客服电话　021－62865537　门市（邮购）电话 021－62869887
地　　址　上海市中山北路 3663 号华东师范大学校内先锋路口
网　　店　http://hdsdcbs.tmall.com

印　刷　者　上海昌鑫龙印务有限公司
开　　本　787 毫米×1092 毫米　1/32
印　　张　9.5
字　　数　164 千字
版　　次　2023 年 10 月第 1 版
印　　次　2023 年 10 月第 1 次
书　　号　ISBN 978－7－5760－4201－6
定　　价　58.00 元

出　版　人　王　焰

（如发现本版图书有印订质量问题,请寄回本社客服中心调换或电话 021－62865537 联系）

序

东阳斯君阳,少余十五岁,与余同为越人,且同校三十六载而不熟识。迨余退老三年,始获执手:二零二一年,吾校七十周年校庆,君时兼任校庆办主任,不以余老去才尽,委作校花、校树三赋。窃不自揆,遂竭其枯肠,稿成而蒙君首肯。嘤鸣之求方得如愿也。

君有吏才。佐理吾校有声,自君约余作文,知与余有同好也。继闻吾校闵行校区春时樱花如海,灿烂若锦,明艳逾霞,为君倡议所植,此诗人之为也,三闾之兰蕙,河阳之桃,柴桑之菊,孤山之梅,皆其前例,意者君必能诗者无疑也。

一日君邀余相见,出其诗集曰"恰逢其时",问序于余。展卷而览,其格则新旧咸备,其体则诗词俱录。天人之理,家国之怀,古今之变,庠黉之业,靡不及之;山水之佳,卉木之美,城乡之盛,亲友之情无不咏之。所涉广矣大矣、深矣细矣,君真性情中人也,前贤"文如其人"之说不虚也。不胜自喜能具知人之鉴焉。

余桑榆之岁得此良朋,从此林泉啸咏,唱予和汝,不复有久处寂寞之滨之感矣,因欣为之序。

癸卯年孟夏龙游刘永翔撰

目　录

沁园春　佳节

藏酒佳肴，檀香红烛，合庆两端。

看浪漫回顾，春秋繁露；众星捧月，西子欢颜。

中华新风，勤劳传统，筒子楼红敬祖先。

苏河畔，颂国门开放，一瞬卅年。

德行洞照陶然。

莫辜负、荣光到梦边。

盼马龙神气，鲍参自在；鸿飞万水，雁阅千山。

梵思桃园，烹茶推盏，擘画宏图只等闲。

歌声里，借魔都晶幕，作揖康安。

念奴娇　群贤堂

沪西不远，见群贤堂里，斯文留迹。
教育救亡探索处，三苦精神如碧。
成就琼楼，西迁赤水，人寄蚩尤国。
返申谋划，积劳成疾校泣。

旧址已唱新歌，大师云集，三源归师籍。
立国初心教育重，学校排名前及。
风雨兼程，光荣梦想，自卓然而立。
国之强者，一流教育无敌。

江城梅花引　踏雪寻梅

粉妆玉砌华枝翘，暗香摇，挂琼瑶。

傲骨柔条，岁狗独逍遥。

踏雪寻梅心气傲，临津渡，丽娃娇，披紫袍。

雪飘，梦飘，鸣凤箫。书香牢，岁月泡。

触地坐化，倍有调，分外妖娆。

体美音劳，立德树人教。

晓看杉林恒静好，依日晷，跨虹桥，步步高。

七律　优雅学府

春姑剪绿水中丽，
玉树繁花镜上梨。
缀点樱桃三华里，
锦织白鹭万人迷。
暗香疏影离骚计，
浓墨徽宣老子题。
今日践行琅琊榜，
攀高行远靠心齐。

卜算子　凡人歌

春秋有繁纷，
凡体难参透。
过了虹桥一眼云，
何故频回首。

宁静水无痕，
恬淡花开后。
守得悠然好青山，
自有香盈袖。

如梦令　送别

春意欲飘夕渡。
君履巷头当步。
相送泪盈时，
眼见彤花一户。
如故、如故，
炉畔语浓弦古。

水调歌头　新春

旭日依树映，清气动魔城。

舒融冰魄，神韵吹笛亦和声。

摇醒东风霓裳，挑逗梅痕似洗，玉影唤春晴。

乳燕鸣新柳，帘动欢归请。

满佳景，逢盛世，赋风情。

展眉见喜，春色满目物华明。

读尽红尘冷暖，饱阅世间喜痛，犹忆岁峥嵘。

降瑞龙抬首，长征再登程。

七律　辛丑年

牛转乾坤洞照明，紫光满溢荡心旌。
长风舒展千丝媚，露润凭添万象荣。
幸福扶箫江上韵，卓越难免不容情。
寰球博弈多骚客，把爵邀歌独自清。

七律　学而思

风清羽白下巴扬，彤体羊脂溢糯光。
河畔细腰梳冷雾，杉林铁臂染重霜。
波光长影随兴览，傲雪红梅粉面妆。
学府士绅思愿景，冰心一颗玉壶藏。

满庭芳　丽娃河

湾曲苏河，截留一段，借时影美誉高。
南来千米，气韵压江涛。
笑问那头夕照，应曾记，墨客英豪。
菖蒲酒，旗袍西服，提议竞龙雕。

离骚。谁赋对，古今宏论，师道红袍。
借贤达之资，成就功劳。
好在聚贤堂在，人未老，莲洁虹桥。
新时代，攀高行远，早已百年骄。

满庭芳　游学

雾拨云开，天随人意，一江春水欢流。
乍寒还暖，叶嫩自含羞。
成竹在胸开戏、拜师友、指点桌游。
东风送、神来之笔，听笛满方讴。

顺柔。风拂柳，桃红水白，山径清幽。
醉望江，彼岸东去悠悠。
人面桃花立处，香满袖、幸福源头。
存星语、心情绮梦，弯月作归舟。

江城子　初晴

两河流域又初晴。叶尖晶。夕光明。
一朵荷花、开过尚盈盈。
白鹭何时逢夜鹭，还有意，慕娉婷。

忽闻岛畔笛声停。丽园情。遣谁听。
风驻波收、正念是空灵。
飒爽英姿寻问取，潮浮动，柳枝青。

念奴娇　迎数学教育大会

霍然思远，见长空洗后，花尚留迹。
鲲鹍衔来东海处，遮掩一方浓碧。
夏雨鸣蝉，白驹来去，人在梧桐国。
丽虹如画，眼前华盖历历。

吾察会馆新颜，一虹凯旋，喜悦教师客。
万事俱呈沙漏下，旨意飞骑何驿。
线上屏前，洛图河著，智慧今添翼。
天音无藏，江南丝竹横笛。

七绝　得兼

一河静谧丽娃笺，
三里樱花阅后还。
借问春来平仄韵，
引来鸥鹭抢占尖。

七律　童趣

少年群伴闹江坡，手打飞镖惊小鹅。
浴露早晨霞戏水，剥莲当午戴冠荷。
木桥墩石经山海，厕所田埂台港歌。
昨日回乡多感慨，清风已改旧时波。

一剪梅　归

又见伊人整便装，
呼朋邀伴，情怯难当；
归心似箭望长亭，
百计千方，几号能航。

故地冬寒月夜长，
亲人朋友，忐忑随乡；
长河春立旭阳升，
才下眉头，那思更长。

念奴娇　腊月

冰轮光洁，撒余辉冷浸，腊梅雄力。
铁铸枯枝浮素蕊，横在玄窗青壁。
府庠稍安，墨香泛晕，似古人遗笔。
自然天道，裹浆风骨踪迹。

人道晓角霜天，三秋繁露，因疫才相识。
那段冠愁看手势，归去兮还留驿。
一剪梅香，亲如大白，数据精寻觅。
春秋台上，怎么工笔描得。

沁园春　春讯

空气微醺，绿染河岸，芽镶柳边。
喜千姿百态，争奇斗艳，飞天尘步，红线牵缘。
万象清新，凭栏远眺，繁露春秋清水间。
心潮涌，念高山流水，心境如玄。

序章过往成烟，从头越，轻装快马鞭。
任途穷霾阻，开山辟路，峰崎路险，视作轻闲。
旭日斜阳，人生历景，皓质梨花乃为仙。
天地敬，但时光悠远，且拜堂前。

五律　御春

残梅冰冷胎，新柳倚风栽。
白雪留峰顶，红松倚寺台。
飞天三两曲，和律踏春开。
品茗观青绿，人生畅意来。

七律　世说新语

同源书画复登楼，再品丹青别样柔。
坐面旭红吹竹笛，目留夕照绘春秋。
情真写出流觞语，意长情浓笔友投。
迁客骚人新语涌，开心兔辈笑声稠。

念奴娇　鸣蝉

天生灵巧，似经纶满腹，无不知了。
烦恼欢娱皆应和，枝上洋洋夸耀。
满口清高，吸脂无数，偶被人调笑。
冠于欢喜，读书夕落晨早。

莲叶摇摆长塘，玉卮华盖，竞秀天然娇。
及目连天无际绿，也有匆忙倾倒。
嫩荷寻津，先机独占，比玉池仙岛。
滴滴晨露，且将新火聊了。

浪淘沙令　送君离开

画舫雨潺潺，春意阑珊。
声声更漏夜栖寒。
日暮河中如意客，把酒言欢。

送远且凭阑，峦叠重山。
还韶华予旧人言。
烟雨迷蒙归哪处？老月青山。

念奴娇　三清山

新杉葱郁，满目成浓绿，夏花薰重。
远望三峰云里没，时现时无仙冢。
静享甜泉，深闻野味，装备探仙洞。
江山如画，任心潮伴歌涌。

遥想去岁痴狂，欲屯兵守，长旗摇枪耸。
深涧神蟒爬过处，神秘雪海飞涌。
云雨清山，岩边长守，立化痴情种。
默然抬首，彩云追月几重。

七律　夏游

水清日华总相宜，
夏日怡情在太池。
日薄红纱风月韵，
青春摇曳日生姿。
古津日渡栏前读，
且颂船歌日赋诗。
九里传香江上日，
良辰吉日赏花时。

五律　致远

两地书函久，窗前抚玉来。
路遥心绪在，云隐月难开。
歌对麒麟苑，箫吹凤凰台。
几时东渡海，云影共徘徊。

七律　神仙居

清熏天柱远名场，
绿柳轻飘华采扬。
戏荷蜻蜓三四里，
放歌戴胜冠儿张。
贡生探究知深浅，
红袖挥毫试墨香。
道法自然儒者学，
翰林心安是吾乡。

洞仙歌　国石

玉龙国石，真润温无汗，馈赠天功自然满。
说从前，讲究捡拾滩头，抬头望，雪盖神山峰乱。

起来先祈祷，念念那词，籽玉偏心和田汉。
几人能雕琢，荣秀仙姿，金皮淡、腰绳系转。
屈指算、且盘几多时，火候到。
当怀袖金不换。

五律　画像

身居故道庭，不语自清灵。
横渡生甘露，烟云起北亭。
芬芳鹅颈挺，藕白细腰婷。
欧陆风情尚，相看苹果屏。

七绝　池塘

抬首浮云随思远，
低头池长闻清香。
蜻蜓似被绿薰醉，
竟倚初荷入梦乡。

七律　元宵

银花火树岁初欣，
灯彩人家照景新。
雅致晶楼煲土味，
温文斗室传仙音。
元宵自有圆铜镜，
雄鸟当司玉鼎鑫。
喜看今朝逢盛世，
汤圆甜蜜狮光临。

七律　天论

海市蜃楼如意阁，
瑶池洗美体余温。
生檀红木型高冷，
披紫排箫吟报恩。
飞鸽佳音还赤子，
指弹戏水转乾坤。
循环因果来回事，
一日知音演道论。

七绝　春分

春分花繁天泣休，
箫声绕耳又停留。
无人知晓其中意，
白鹭搭巢鸣翠头。

七绝　清明

东海吹播时漫霏，
新枝碧树百花晖。
清明霍道旧愁至，
移步河津樱雨飞。

七律　四季

东风越女浣春纱，
镜里欧妆鬓影斜。
秋水莹莹含桂月，
霓裳朵朵盛莲花。
红妆沐浴腊梅舞，
玉白天成琥珀嘉。
试马洲滩娇色喘，
柿香犹道品红茶。

五律　壬寅立秋

曾翻老历篇，赤日欲穷年。
冰雹扔兰月，金蝉自管弦。
旧风遭阻隔，新雨缺机缘。
玉宇争方热，人间盼景迁。

七律　探洞

流火伏儿金蝉唤，夏花高洁纸扇檀。
玉山清静榕头水，宫景辉煌螭首坛。
坡上树横仙影闪，府中随意和弦弹。
且聊且步且探洞，暮鼓锅庄最喜欢。

七律　贺中秋节

荣华玉兔醉中秋，侧耳嫦娥悦曲柔。
帘外鸟儿乘兴唱，窗前桂子任芳流。
同温旧梦情难已，相叙新闻话不休。
莫道仙人欢聚短，鹊桥未架有神舟。

满庭芳　暑假

野菜花黄，风摇柳碧，青天白日浪涌。
小娇独立，河道石桥虹。
多少风流韵事，堪回忆，蝴蝶江东。
飞鸿适，暑期流火，寻风绕黉宫。

匆匆，三载矣，愁欢与共，携手成躬。
念上苍，怜余火热心胸。
玉兔追随嫦女，路迢递，无限愚忠。
虽巢简，弦歌肚舞，闻香为人雄。

念奴娇　拜师

弹琴抚瑟，恰秋高气爽，铺张瑶席。
仆扫菊香花径里，主立蓬门迎客。
新友归来，旧师将至，笑语金风直。
与谁高唱，幸临须竞朝夕。

闻道江汉书庭，飘鬓纯马，行在湖滨北。
还有孤鸿花雪地，如梦流年难拾。
月满红楼，风吹乌发，光影摇红忆。
躬身相问，煮茶听讲无极。

浪淘沙令　晚秋

加急也无餐，灯火阑珊。
晚时更遇冷风寒。
牵挂何人如夜长，那点愉欢。

思去有晴天，美梦微残。
运云片片落秋肩。
不问前程缘内事，造化人间。

七律　织娘

琴梳书卷性中人，情窦初开金凤身。
一拨心弦明月意，初骑白马气精神。
蚕丝偏爱同心结，巧技常研古塔纫。
恣意芳华东进表，秋波清澈画船真。

满庭芳　如玉

琴瑟和鸣，抚箫共韵，悠然道柿香浓。
北风初劲，锦衣寄情衷。
是处喜昆仑雪，泉流引、紫玉玲珑。
喜欢佛，天摇地动，几度兴无穷。

天工并夺巧，籍书墨纸，理论盈盅。
问东进，序音征棹谁同。
一路行香数殿，旦复旦、再觅芳踪。
凭栏立，红楼日训，圆脸漫题红。

七律　赏花

绰约花季竞相孕，
芳华先占水岸氩。
花语莺歌天籁韵，
芳菲蝶恋似含晕。
暖阳鲜有暖风熏，
樱早新妆缈若云。
慕向故园山野外，
山襟水带恰逢君。

七绝　谒陵有感

济世先行旷世雄，
善男信女谒南钟。
功高不用碑文显，
人民最大天下公。

七律　学府

海河汇处是归途，
山水名家画不如。
观荷推窗新雨后，
赏樱移步早春初。
满庭映水吟云近，
曲径通幽写竹疏。
更见丽人银杏下，
轻声朗诵外文书。

扬州慢　三月下扬州

细雨斜风，小舟摇曳，扬州三月行程。

过长河流水，尽绿树青青。

醉眼处、且撩幻影，

漫山竹立，草木疑兵。

相思河、玉女吹箫，曾为欢城。

马蹄酥地，染红过、十日心惊。

玉指紧相联，低头细品，玉蕊深情。

二十四桥仍在，游船舫、历史风声。

早年过而立，眼中仍为童生。

七律 有记

莫道帆舟海上忙，幸看日月度春光。
多情桃李怡人眼，无限风光博士裳。
邀月窗吟漫日思，扉开花语满园香。
玉枝斜出天涯志，一瓢欢饮源水长。

七律 立夏

闷雷有声春逸曲，乍清还热炙凡人。
不忧夏雨洗残红，但喜丽娃着绿新。
南庭草坪青一色，北塘嫩荷碧无垠。
烂漫季节今才始，笑目梨涡早几轮。

满江红　迎新年

谁呼苍龙，从未许、轩昂称羡。
知世道、几多平仄，谈为难艰。
蛰伏无非寒太厉，智排奸藏心无惮。
纵横此、复暖待新春，将来看。

周又叠，新开遍。
枝再俏，挑桃盏。
任思骋江汉，笔润挥翰。
喜与玉箫相蕴藉，岂随铙钹抢尳先。
祥云集、雨露翠微承，龙泉涎。

七律　台风

两岸翠柳画屏幽，桐荫轻骑意轻柔。
窗外靓影轻飘然，楼台骚客竞风流。
飓风猎地动树柳，黑云压阵洗眼眸。
风雨过后阳光漏，无晴有晴伴君游。

七律　五一返乡

三载初尝高速艰，金衢在望雾遮山。
古时出行排溪渡，今日归乡车洞关。
一对斑鸠巢自占，数枝月季篱先斑。
名家忠孝斯敦始，吴越千秋盛世间。

七律　人间四月天

河风暖吹日分明，轻薄新妆百媚生。
青绿柳枝堤上划，玲珑松鼠树间行。
玉人弄笛声回壁，君子吟诗韵绕梁。
四月美丽藏不住，乍晴又雨总关情。

七律　感怀

柔风披拂逍遥枝，愁思如云红酒卮。
芳草如茵何忍卧，鲜花成绮不堪私。
翻将淡淡吴山影，欲化幽幽汉水陂。
素袂飘然箫韵里，桃源或解梦魂痴。

辞岁

时光如梭岁将辞，诗赋沉吟寄情思。
朗月霁风摇桂影，疏枝嫩柳顾清池。
菊呈野径开清韵，燕遁雅室觅新枝。
独步红尘心亦静，桃园自在梦中兹。
绿草芳洲添雅枝，梦随红袖舞风时。
偷取馨香心在汉，人生若梦咏怀诗。
雪天际远约来迟，顾影东窗映茜姿。
静听飞花含韵曲，轻吟窗下有缘诗。
几声新语云中月，一树红梅雪里枝。
最是多情凭鸿寄，马良画笔兔年驰。

武陵春　傲娇

夏仲微风环佩响，藏宝在华茵。
绿屏瑶花戴冠人。
无处惹纤尘。

中心街灯瑞金转，好酒踏歌氛。
任那欢声溢照人，
不负友朋真。

七律　乡思

东流谁解顶头心，江海波光和此吟。
已竞桃开红激滟，可期萍聚碧如芯。
清芳风动故乡月，远韵浪回远古琴。
乍暖还寒柔百转，烟云愁聚一潭深。

七律　金陵

秦淮八艳梧桐映，街深楼耸鹭回声。
春风玉露文德桥，才子无奈走后门。
青天绿纱在贵峰，逶迤大江燕子瞪。
虎踞龙盘连天外，静看欣欣芳草荣。

七律　望湖

美妙光阴不负缘，红尘踏梦几人欢。
东风才将新花落，湖水轻随咸水含。
回首无声声自重，低眉有语语早还。
极目远望云中湖，思绪纷飞楼外裳。

英雄赞歌

山崩地裂浑无惧，绿浪滚滚战魔淫。
舍我其谁冲在前，华夏脊梁子弟兵。
长空风云只等闲，为救苍生轻死生。
舍身一跳肝胆照，伞花怒放展忠诚。
巨震波荡天地悲，同胞生死挂心田。
救死扶伤天使心，血泪染白为生命。
开山劈路生命线，一线银屏万众牵。
迷雾拨开山复水，前方声影暖人心。
相倾绵力万万人，汗洒尘埃忘苦辛。
情义涓涓危难处，大爱滔滔四江春。

七绝　汶川地震

依窗飘绪走天涯，
何事西风笛弄花。
屏灰言悲空洒泪，
凝眸远望川人家。

五绝　夏趣

蜻蜓隐绿烟，玉树歇蝉鸣。
独爱夏荷香，幽处王子悠。

七律　临安

丽苑披彩新安临，
湖亭动柳对风吟。
寄情东窗洗天性，
托意诗词濯俗心。
日历字横节日近，
夏莺歌绿童心萌。
仙人洞府看松劲，
不老泉边品笋鲜。

七律　股市

尺盘红绿乱如麻，折扇轻摇饮绿茶。
暮雨收尘回大地，夏风卷石顺坡下。
时机浮现龙呼风，情场得意赌场咋。
犟劲新人欲抄底，赌王最后落谁家。

七律　随想

是日云浮万里天，凭窗不语暖风停。
琴心三叠数清界，率性还需一悟间。
世事如烟贵执著，流年似水终有情。
魂飞梵地闻芳讯，笑语依旧景不同。

七律　喀纳斯

北疆万里画廊清，才穿魔城高牧迎。
自在马羊寻嫩草，欢欣男女拍真情。
冰川世外难忘却，瑶池天堂最上倾。
登顶坐看湖怪迹，霍思护国脊梁卿。

七律　有感

半世奋进半世癫，言不由衷为铜钱。
难得糊涂难为情，问心无愧真善心。
翻本闲书且盘玉，倒杯酱酒再谈天。
世间荒唐徒笑耳，不羡陶公自在仙。

七律　望长白山天池

彤云晕日风卷白，梨花满树滑高台。
山南万倾羊脂玉，山北百丈瑶池隘。
天使花冠温泉爱，将军镀金秘境仔。
安得浮生对酒歌，万里江山琳琅埃。

七律　雪岭

雪雕雾凇盖冰河，打马雪岭任放歌。
二道白河聚龙泉，老里克湖双乔色。
松花竖旗鲜族炙，炕头坐婆林下哥。
围得一炉敦化味，人生何处不参萝。

念奴娇　驻京有感

桂花香沁，引人抬头望，中天亮月。

君子从来多感慨，咏叹阴晴圆缺。

乐府唐诗，古风宋词，元剧还唱别。

弹指飞逝，一轮今又皎洁。

飞信来往须臾，嘘寒问暖，处有音讯觉。

披彩搭台凭放纵，劲舞高歌长猎。

灯火辉煌，佳人灿烂，喝彩一声爽。

欢梦难忘，北地重写新帖。

满江红　捍卫钓鱼岛

东洋倭奴，窥华夏，新仇又结。

神州望，万众抗日，爱国热血。

狼子野心蛇吞象，狼狈为奸成心结。

莫张狂，备射日神弓，有人杰。

百年耻，犹未雪。

钓岛恨，怒发立。

撼完璧未合，金瓯有缺。

练就虎贲百万，海监民船先头列。

问天朝，何日起海啸，满东瀛。

五律　骄子

和风飘河柳，玉指奏心潮。
悦鸟枝头盼，繁花梦里邀。
清溪城间流，暖日映长霄。
格物经苦旅，逢时分外骄。

五律　晨读

日柔莹校园，春暖露簪环。
影绕描花幔，光凝画清丹。
柳动招飞蝶，蕾开喜蜂粘。
朗声树林静，风吹书本欢。

七绝　早春

一树东风释冻云，
清新一吸意志坚。
乍暖还寒芳魂在，
梦香心定待日昕。

七律　临考

翠柳萦窗含紫烟，良宵有事怎酣眠。
书中照旧墨香随，胸有成竹井喷泉。
一步一近贡院壁，一惊一乍中暑前。
开弓已无回头箭，直取功名只等闲。

七律 春天

芬芳莺啼绿满眼，红柔黛嫩景色新。
风牵疏柳动金缕，露浸繁梨落玉钿。
蝶舞燕飞晴天转，锦衣绣袂沾香先。
且寻雅趣春光里，极目吟歌云水间。

五律 乍暖还寒

丽河锁玉烟，候鸟上杉巅。
人儿暖心缱，红梅笑靥嫣。
春光梳绿柳，雨露湿红装。
旧岁浮云去，新风送嫩寒。

七绝　瑞雪

挂柳悬松景象新，
清新素雅美绝伦。
瑞舞今冬最高洁，
雪地玉影一串香。

七绝　冬暖

花笺有约牵梦浓，
红梅在侧意从容。
元阳可照寒时景，
三月桃花育在冬。

七律　再回首

忽然岁末实在忙，回首书案积文章。
心开物性因时发，梦入史林逐蝶长。
进东邯郸欲复国，河西金沙起新房。
欣逢东海观音阁，不负春来好时光。

青玉案　七夕

碧云冉冉和风舞，
旧时园、水边树。
数载悠悠谁尽诉。
情郎欲女，举目寻路，对河无船渡。

秋蝉声声私心妒，
一岁终得一夕顾。
冲淡人间离恨苦，
爱情如故，凤求凰赋，人间鸳鸯慕。

七律　依恋

黄叶铺道小苑静，长塘自在生新津。
天空盏里云裳舞，地母杯中白露醇。
骚客喜听金缕曲，佳人移步玉堂春。
丽娃许我暖冬情，学府答应学术真。

五律　观星

路迢星暗远，云追月朦胧。
晶晶叶凝珠，摇摇影法桐。
一线牵两头，玉屏看新容。
最爱此时院，软语丽娃风。

鹊桥仙　浦东开发

流云堆梦，
芳心倦瘦，
总记时光辜负。
热夏难过又初秋，
检票后，
方能上海。

人生幸福，
理难言诉，
几度鹊桥未足。
今朝喜闻开发音，
载不尽，
浦东情絮。

五律　秋收

丹点秋枫艳，金描野菊黄。
云逐白鸽翔，花馨蜜蜂欢。
拥玉轻手盘，喜红欲满仓。
风动图书香，三尺天地宽。

五律　感怀

唐诗写周游，宋词唱边侯。
翠环系公主，戚戚隐中愁。
唇齿留墨香，目光落绿舟。
钻恒成心愿，琴瑟御京州。

七绝　思归

云淡风清碧水秋，
分明雁字挂心头。
花谢果香飘一季，
归乡心思天际流。

清平乐　风声

秋凉有声，
满目黄叶飞。
菊瘦消魂何处去，
河畔双手叠鞠。

谁人调转箫筝，
一弦相思雅趣。
黑早宵长不寐，
风声靓影摇动。

七绝　梵念

堪求相遇贵心知，
一霎穿越宋唐时。
若得三试竞自由，
朝花夕拾金秋词。

七律　观华清池有感

秋池华道映琼枝，
艳染山枫丽水痴。
画水墨山钗欲戴，
披红舒意肆心驰。
唏嘘飞鸟几多尺，
哂菊清泉千媚姿。
无限韶华笑靥在，
蓝天碧水赋怅诗。

七律　贺世博会闭幕

浦江两岸地球村，
万方来朝史上新。
低碳经济城自然，
文明教化亿万人。
清明上河图惊艳，
现代光源蓬莱春。
纬地经天今朝始，
伟大复兴指日成。

五律　深秋

季深牵思绪，影映盖红裘。
枝落听心动，篱下现芳囚。
美色犹逝去，回忆亦方遒。
多愿依青鸟，天凉好过秋。

五绝　不惑

经年甘苦去，
仍赋傲霜诗。
外隐内方态，
不惑笑看时。

五律　秋夜行

城深半夜亮，月隐淡星光。
杨柳随风摆，荷花贴伞伤。
眸光含旧梦，秋色少新方。
谁解心中结，煮茶诗人殇。

五绝　闲趣

芙蓉塘外柳，
读赋水边楼。
投眼清波里，
双鱼自在游。

五律　郊野

郊野眇春暖，河堤嫩柳笼。
雨停似落泪，净手罢玉容。
客去木桥短，莺来浅草丰。
牧箫野吹远，泥道足相逢。

七律　舟行

呼然踱岸赛飞神，鹅柳风梳到河津。
莺韵韶光随季缓，春歌余和弹弦琴。
盼君千里对明月，没路碎光照晓昏。
四野苍茫春入色，穿山渡水心潮奔。

七律　乡居

画中山水舞云纱，
窗外春光绿到家。
旖旎莺啼杨柳岸，
清芬月送府门衙。
门前广场红成海，
仕女霓裳美著花。
风物乡情今日亲，
却忆骚客遗天涯。

七律　西子湖畔

情深倒塔洗红尘，
妆点乾坤美迎春。
鸟送和风梅独艳，
雾施润物草鲜频。
藏青人间抽丝赏，
学府魁花品籍珍。
泉水借君滋金笔，
留下诗墨绘佳人。

五律　花睡

痴情总不够，百结在心房。
紫紫红红蕊，星星点点香。
幽幽思往事，脉脉望长塘。
风吹阴霾散，天晴又艳阳。

七绝　残梅

残冬潜夜形渐消，
以为暗香白雪飘。
小院娥眉寻不见，
此待云天一梦遥。

五律　贺岁

赋咏徐旧岁，纵情贺新年。
时来寅虎啸，势去丑牛咽。
万象春伊始，三玄日占先。
光阴如过隙，试笔问心专。

七律　乡情

准备文词多少长，
一朝归去动容惶。
婆颜素影深旧院，
绿袖清尊挂中堂。
泪面风干情切切，
心疼无靠意茫茫。
恩重情长心铭记，
振兴故乡续华章。

七律　元旦

紫气东迎元旦开，
咎误交给雪花埋。
娇湄初暖先拥抱，
再造恩爱佛喜怀。
青松威威祥云盖，
涌泉酣酣金觞嗨。
月朗风清盛四海，
牛车催虎逐梦来。

卜算子　早春拂晓

初晓东方明，楼外朦胧柳。
隔里心情无处就，静中听长漏。
欲问山阴人，幽谷梅开否？
应是红肥嫩绿瘦，早燕枝头逗。

五律　春来

莫道枝头难舍，
红墙动影风斜。
暗付根系护围，
愿随岁月天涯。
一片丹心谁识，
无论星寒浸沙。
阳光大地春回，
莺鸣心头绿芽。

七绝　秋

一丛寒蕊曳篱东，
闻醉清香断续中。
最爱黄花时节好，
舞文弄墨唱秋风。

七律　问安

择牌选韵定新曲，
流水高山论天时。
借问玉人痊愈否，
再登鳌首洒御汁。
水清溪急添凉意，
苔绿枫红弄新姿。
浅唱深吟如意曲，
梧桐飘来如意柿。

七律　和解

一阳既升动心炫，
秋望小山来复生。
清规浑忘丽人影，
红唇犹待韵香盟。
温心暖意冰垒释，
风起愁滋墨迹轻。
自在梦乡身似何，
陶公野鹤桃源行。

七律　两河流域

抚笛有姿樱桃涩，绕梁天籁狮岛惊。
三心相合数红豆，携手同游丹桂盛。
丽娃水前漫月色，莲花路上紫烟生。
回眸已是三春后，白鹭无居已潜声。

七律　清明

花瘦倩影愁蹙眉，
天阴径幽玉面哀。
如烟往事门神在，
喜怒妒笑护法来。
潸然痛斥黑白道，
掩泪捧君家凹埋。
事到离时方恨悔，
清明过后不忍怀。

七绝　登山

谷底荆蓬开小径，
高山极顶立青松。
嫣红姹紫仙人洞，
品得琼浆歌九重。

七律　润笔

掀开那页有兰芳，
今日读来韵味扬。
因颂神龙腾红海，
巧衔仙凤谱华章。
承前屡奏阳春调，
启后频添白雪香。
犹在兰田啄旧宝，
何时携得美珠藏。

满庭芳　水上森林

西浦探奇，寄居农舍，森林水中村东。
凭阑望绿，寻思那时逢。
杉阵误陷泽国，未曾想，网上声隆。
栈桥断，曾经遗憾，抬眼慕飞鸿。

河江，这树类，插栽随意，不比梧桐。
漫留得，尊为校树招风。
此巧谁堪共说，有特色，上善园中。
基因在，居贤阆苑，昂首看霞红。

七律　夏思

荷塘涟涟水眷花，炎火灼天蝉总呱。
一眼清池藏夏凉，迷思韶华漫如纱。
凝眸荷意秀身段，应晓愁心非有涯。
新笑我偏梅之韵，来年谁记山叶霞。

五律　骤雨

暑天雷雨后，漫步柳荫幽。
树上蝉鸣曲，徘徊人如游。
荷花波荡漾，双蝶舞情柔。
似有笙歌唱，相思度夏秋。

七律　偶书

洗屏织网应识缘，
裁纸拿笺写旧篇。
红袖生香情渺渺，
晨曦长照梦翩翩。
花开几瓣心怀梦，
韵转千重意蕊传。
骑鹤踏云闻诗去，
盛庭如乐越千年。

七律　游湖

满目芳菲香未合，
今朝美景胜如昨。
晨岚染墨风牵柳，
初日涂丹水抱荷。
智叟一竿钩玉带，
玉蝉几曲泛青泽。
催足入径寻卿去，
逆水青绿踏碧波。

沁园春　思乡

金盆曦微，丽水风萧，乡愁路长。
正阳春飞信，桐枝凛凛；歌山藏翠，横锦苍苍。
新冠研猜，冷枪难测，念及凄凄心上霜。
云游至，看东阳如絮，气纳家乡。

经年童事无忘。梦断处、何时不梓桑。
把除岁情绪，悉存梦里，荒唐经历，尽付长塘。
冷极梅开，元阳意暖，飞柳河居花自香。
胜利日，对流觞曲水，幸福荣光。

七律　立春

莺歌乔木水波粘，春早争先不等年。
窗对逸夫书卷气，门开丽娃长河前。
善行积累平常间，紫气东来满大千。
恰是立春明媚日，宏基鼎定看吾边。

七律　重阳

时光荏苒重阳天，枝铁肤脂萧万千。
斜照桂园传故事，花琼湖瘦梦来年。
念思鹤舞排云在，坐观桑巴三日妍。
敲键谁知秋满意，慰吟煮耳齿痕边。

七律　庙会

春情夏梦影一叠，
又绽霞花日照秋。
风送西方欢庆日，
栏临东亚福九州。
金风偏爱中国节，
一剪情飞纵自由。
熟果瑶池仙露涌，
采下如意不言偷。

七律　秋色

近岸松涛感物炙，
枫红掩翠碧云知。
登门贺喜还乡俗，
宽衣抒怀御带诗。
莫与秋鸿吟怨曲，
且待丹桂染黄姿。
江汉俯仰皆夕色，
尽染西天谁笑痴。

七律　国清寺

独坐青溪出行艰，隋梅北望寺如山。
道心羽化天台渡，佛法先宗国清关。
文脉浙东曾自许，唐诗之路墨成斑。
豁闻又现那时疾，菩萨仙丹赐一间。

七律　春讯

春音朝奏九重天，
露撒神州绿万千。
欲为五洲清冠疫，
肯将非亚种苗先。
昆仑两赠同温暖，
天地三维量子仙。
资讯报来应有意，
师情花语丽虹边。

五律　久雨

久雨烦心绪，还寒鸟才鸣。
长堤木已醒，旷野草初萌。
东偶花欲沁，风催世间净。
忽疑春尚早，问雨几时晴。

七律　金秋

天仙落世聚一方，
神韵同心趣语长。
目视银屏浮画影，
怀思妙境惹闻香。
金秋转换追寻梦，
因缘轮回演绎章。
美赋情词书不尽，
真情挚意话沧桑。

五律　春雨

东苑经年遇，新禾待雨耕。
焦心盈斗室，好日一川晴。
向午潇潇处，临门寂寂声。
应知园堵内，春藏一点红。

水调歌头　南行有记

岭南总是暖，举目看春余。
柠檬桉树，自然皮衣帅图书。
采尽阳光雨露，榕树扎根有度，一木却林梳。
蛮腰弄清影，双子秀华衢。

起锚地，十三行，下海夫。
花城羊穗，改革开放这方举。
迎着文明洗礼，听着芝房雅奏，迟日上黄埔。
校友百年说，不老对鸿儒。

七绝　有约

日暖江花一树开，
烘云照壁登楼台。
东风漫咏红镯赋，
人面桃花双霞来。

沁园春　感怀

癸卯叮红，人觉韶华，忘数年轮。立两河书苑，觅方寻睦；文章道德，克己忠仁。曾闯雄关，繁城再破，奋进不谈辱与尊。纵临退，道晚霞朝露，又有荼樽。

求实创造唯真。取法上、追求为至臻。利他人格赐，自然香闻。学思践悟，世似尧舜。进则排头，静还思远，谈笑寰球人器神。新酉到，聚高朋满屋，指点藏珍。

五律　酒

何以最难平，沾瘾沏魂惊。
原非归隐客，浪得一狂名。
苍青没驿站，东黄赏菊英。
飞云天阔渡，佳酿借山行。

七律　迎春

寒风习习皱丽波，
翠柳婆娑舞月娥。
舟行曲泾陈往事，
幽香陋室听旧歌。
倾怀放纵凤凰搏，
击鼓吹箫梅妆呵。
银汉初见犹昨日，
新年盼来柔情多。

七律　迎新抒怀

打包岁月欲寻津，
欢兔奔新龙一轮。
梦里平湖又起漱，
窗前冷罢暖阳春。
梅痕是膜为绝圣，
金印为竹乐士绅。
西行鼓锣敲击紧，
心潮逐浪意延伸。

七律　红妆

凝神晶屏入仙乡，
靓影冰魂近东厢。
红袖绰约仙子至，
絮言喃语玉脂旁。
番番幽中承旧醉，
阵阵潮起俏丽妆。
谁想我为梅瓣舞，
幻觉迷蒙拟新章。

五律　行车路旁

临窗西望起，江河向东流。
道傍千叶密，希人登晓舟。
小山轻抬目，汉家玉怀柔。
新臭生乡邑，只待人来嗅。

七律　台州同学会

瓯越邀迎临海聚，老乡贡献十年樽。
樱桃水长多牵挂，丽娃情深正气存。
面海依山通造化，仙居台顶转乾坤。
精神和合充枵腹，绿壳豪风酒足论。

七律　秋书

雨停风瑟等新生，
叶落花谢倍冷清。
浅笑凡尘多假意，
再思红尘有真情。
长空云逸归殷殷，
荧屏锦书灯盈盈。
掩卷凝神思绪舞，
忠魂一缕还牵萦。

五律　心菊

天寒云默然，人去暗香移。
冷暖性不改，独有花友觅。
不同春竞发，晚端蓄情意。
如若今无菊，人间无生机。

七绝　秋思

相思又起晨曦中，
一半凝霜一半融。
纵是秋风吹不去，
愈浓心事已染红。

七绝　太空漫步

天马行空漫宇穹，
激情问好五星红。
今日长袖碧空舞，
从此仙凡一路通。

沁园春　云水谣

春水飘过，卷起云烟，草萌乱眸。
若樱花缱绻，龙涎浅点；些儿疲惫，最为温柔。
碎步轻扬，随光幻化，幸有油纸遮半羞。
四周顾，看大城楼叠，还有轻舟。

社会理法清修。可记那，宇环作宦游。
任西技东浸，相向奔走；艺声网店，津古今流。
驴驾西行，追香一缕，分赴阳关得自由。
光阴瘦，听江湖横笛，云水登楼。

五绝　入山

高树声徒远，
红尘影未宁。
映日何自咏，
天籁究谁听。

七绝　入夏观山

晓月钩连带九星，
珍珠夏露衬荷亭。
闲云紫气山峰绕，
恰似洛神洋溢情。

七律　爱河

涟漪引牵暖曛风，
蝉声更鸣夏雨中。
鱼从荷下游骤动，
蝶缠花间与蕊融。
丽娃情痴石桥晚，
白鹅追莺意向东。
美丽邂逅多少事，
吟怀激越竟相同。

七绝　咏梅

傲娇冷艳勇封冠，
玉骨香肌和韵观。
芳信待招君不识，
横枝映水夕阳看。

七绝　赏樱

君问花蹊已有期，
和风丝雨涨春池。
何时共赏樱遮道，
却话明朝汉服痴。

定风波　七夕东方

两袖清风准备纱，
皎银河汉起红霞。
不待鹊儿欢色尽，
休忍，美人心善自然华。

不忘初心承诺乱。
无断，长河无渡玉簪花。
男子壮怀天地问，
音信，和谐大地著新家。

五绝　小荷

留园惹相思，裙扇盖华池。
粉荷才出水，红晕那样姿。

七律　七夕感怀

情郎抬首似星监，
仙女垂眉月照莲。
咫尺天涯生分苦，
师爷无计问津怜。
故乡复兴乾坤揽，
海岛飞天空地联。
更有纠缠量子态，
邀约一念已无间。

清平乐　古田怀古

立秋晨起，朝拜东方志。
前面连天红莲瑞，指上伟人雕砌。

闽土粗布盐催，突破围剿惊奇。
寻访军魂心醉，统一淬火青祠。

鹊桥仙　七夕

云开雾散，荷塘月色，柳绿轻扬心赌。
暗香盈袖对铜妆，触目处，银河无渡。

一腔离绪，台风双至，仙鹊架桥辛苦。
才舒眉线又生愁，教那样，喜欢佛妒。

五律　咏荷

华杆翡翠瞳，紫气舞东风。
不愿和尘染，冰清玉洁融。
凝脂仙露洗，偶展女儿红。
岂是池中物，飞升为大同。

七绝　古田

相约聚首在古田，
闽地芙蓉尽笑颜。
苏土泉甜思想闪，
伟人在上敬花先。

五律　爱莲

天然孕玉瓶，清水长芙蓉。
万亩连天碧，长池映雨虹。
嫩荷娇自在，仕女韵更浓。
今制裙如意，谁着更华容。

七绝　荷塘秋色

清香盈袖碧连天，
羽化观莲一念禅。
枯叶枝残浑不怕，
只留白藕在人间。

七绝　柿香

泛舟野渡竹林间，
坐爱闲亭住欲还。
最喜枝头红火柿，
闻香如意清凉山。

七律　黄鹤楼

楚荆江汉畅融流，屹立千年黄鹤楼。
滕王阁名王勃咏，崔颢诗望李白游。
从来才子彰风景，况是阳光照岸洲。
画栋雕梁今古撼，望中三镇思悠悠。

沁园春　志愿

南国风光，冬梅竞放，九里飘香。
搭四梁八柱，认真文理。
击桌扼腕，明日成章。
师长恩情，光阴幽长，数载兼收思想创。
东窗外，感觉依然是，风雨阳光。

之江一笑情商。
闻香识得东方女郎。
忆高歌艳舞，和音吹奏。
玉门关上，斗志昂扬。
野趣茶山，运河飞渡，故事犹存白玉堂。
新天地，擘画幸福路，畅快申江。

七绝　赏菊

满园金色俏妆间，一瀑幽丝沐浴还。
赏罢归来香藏袖，那张花蕾却误删。

七律　毕业

马蹄风景付长谈，拥挤棚车上海滩。
丽娃河静说籽玉，夏雨岛凉藏金蝉。
四周星转聚贤堂，几墨油香呈史刊。
洗石砥磨逐浪志，青春万岁始闻禅。

五律　五月初五

端阳吟遗篇，斗力竞丰年。
蒲叶含风雨，红槌击鼓舷。
新游兼旧俗，上好叠时缘。
不必雄黄酒，科兴驱疫先。

七绝　党校同学

旭阳东进紫霞微，
朝伟维新国松巍。
入海上庭龙虎汇，
颁勋奏凯春雷威。

七绝　知音

高山流水琴弦鸣，执子之手次第行。
风风光光都看尽，子乎者亦说天明。

七律　出师表

神山欲展玉脂影，爱慕东洋试心镜。
戴胜突凸三万尺，阳光照耀洞天境。
指画乾坤成香舍，汤盛阴阳理胆径。
欲表御师黄道日，单枪匹马破红屏。

七律　玉兔

柔毛赛雪目如珠，
日伴嫦娥影不孤。
借助微软腾讯室，
经营三窟状元兔。
勤劳有智精耕织，
活力兴盛笑守株。
门第春晖花绽放，
卯年跃入迎春图。

凤凰台上忆吹箫　赤脚医生

说是相思，况才五里，何妨暮往朝还。
又正是、桐花竹庀、驿站绵蛮。
赤脚医生缓辔，十字细、泥迹斑斑。
朔风吹，苦中作乐，打虎南山。

寒门荣升军校，清狂际，马头琴笑东园。
逸俊气、酒黄玉暖、蜜帐红残。
曾道基层院长，走资劫、帘合无间。
抬头望，天堂行医风寒？

五律　闻民办教师转正

童无劝学篇，暂作强儿年。
金华步风雪，杭城三冠宣。
青春遭薄俗，少妇觅师缘。
红烛成高级，门楣显处悬。

七绝　美人谷

银披神顶康巴风，
跑马溜溜快意浓。
五色海边金鸭子，
荡圈梵想洗心情。

七绝　四姑娘

天上人间四姑娘，
嬉笑晴雨冷香囊。
误闯阴阳身化雪，
引来无数表衷肠。

七律　凤求凰

凤兮凤子别巢乡，
翱翔长滩硬翅膀。
时未通兮无所将，
何缘交颈为鸳鸯。
凰兮凰女从栖所，
觅羽华兮向东方。
得托岁初妃入册，
双兴比翼喜欢相。

七律　文章

和风斗室夜未央，
伏案多时坐禅郎。
菩萨文殊扇羽马，
斟酌杜圣捻须羊。
诗经满架书生帐，
竹册功名论理裳。
只为他时香墨案，
一行之内有名堂。

七律　荣归

暖风光景入巍屏，
至圣遗珠玉闪青。
西子莺歌白缎舞，
书生诗意瑙镯磬。
紫燕归沪依人事，
福猪来朝造化经。
绩效傲司实有港，
天命创业再扬旌。

五律　梦回

长烟圆日罩，俚语似闲叨。
露冷东阁暖，风凉窄巷逃。
东流竹舟顺，西行绿皮道。
游梦寻幽去，耕读几代昭。

钱塘祈愿

春风马蹄急，百里赴西关。
夏天太阳雨，对歌把情揽。
秋色情意浓，云雨洒浮梁。
冬日如何日，壁炉御流寒。
花舞秀裸曲，良辰共处航。
佛前求一愿，沧海一瓢尝。
感君肺腑语，看护情更长。
顶戴露心印，伴君湖畔行。
君问我所欲，意在坐东床。
愿吾伴君暖，扶祈身永康。
思君写小诗，盈盈积数卷。
余时可消磨，都是旧时欢。
春来溪水深，秋来流水潺。
起伏如钱塘，一夕浪潮翻。

念奴娇　西洋镜

凭栏眺远，见梧桐三里，铺地留景。
西陆风情黄墅处，冷浸戴胜不警。
万国芳华，逸牌遗故，如看西洋镜。
时光如此，重行编岁路径。

萧瑟走近深秋，凝神为露，也算天鹅颈。
起步徘徊叩百度，打听何称电竞。
岁藏粮油，鹭鸶归去，无用青铜镜。
欢声乍语，以为胜利东境。

七律　元旦

上善若河潮汐涨，
热搜吾庠庆高光。
清零时疫文宏在，
漫卷诗书墨宝扬。
今日放歌宜品酒，
挚朋作伴好寅岗。
即从元旦应春讯，
便下东阳归故乡。

五律　新疆

天山一角幽，芳华尽眸收。
灵犬香三里，白龙入海洲。
花红欣赏细，玉籽抚脂讴。
达坂霓裳舞，应无下惠流。

七律　日志

经事谙知变化盛，
常将归燕诉旧声。
手心智能亲情陌，
信息零散网骗生。
旧藏随身功绩渺，
新志参悟墨痕横。
惟望春意翻书趣，
换听莺歌二一争。

满庭芳　秋思

休着高调，懒说儒道，赏菊花月牙酥。
云烟飘渺，遁入相思图。
莫道情怀已惯，怎又惹、两地思书。
凭谁问，酸甜苦味，小别意之初。

导疏，情不尽，丹阳皓月，绝色耘符。
弟子规留痕，灵犬随孤。
长念振箫有素，玉人影、投映心湖。
联通电，舌圈唇语，竟也润宫户。

念奴娇　感怀

桂花香沁，引人抬头望，中天舟月。
君子从来多感慨，咏叹阴晴圆缺。
乐府唐诗，古风词曲，元剧青花别。
时光飞逝，一轮明又皎洁。

飞信来往须臾，嘘寒问暖，处有神仙觉。
披彩搭台凭放纵，劲舞高歌长猎。
那火辉煌，佳人灿烂，喝彩一声且。
小别难忘，斟酌重写新阕。

七律　无题

少年英俊笑卿痴，马踏春风腾御驰。
昨日曾怀名士梦，今朝已被吏人司。
圣徒致远无杂念，灵台蒙尘无奈思。
如为和合吹玉笙，春秋还纪诱人姿。

七律　金猪

饲养金猪情意真，日月岂敢负娇音。
不因五斗寻他处，独为一曲抵此身。
垂首低眉聊悟空，回眸一笑若千金。
日后且让他人论，非买持拥惜古今。

七律　致远

嫩牙微露柳姿翎，早点春光向幕行。
人步闲庭听鸟暗，月如空镜观则明。
思哲西东如何道，争战和约奈何令。
欲借清风鹏举去，散发无系凤凰城。

七律　春节

吾婆在左东王贤，电视春晚竟废眠。
烛剪催干红曲酒，倾囊分遍岁包钱。
执持焰火起童趣，奋笔桃符拜祖先。
更有梅花添香袖，明朝双喜共祈年。

七律　选

剪春裁定树姿悬，
期待芽苞破土眩。
眸闪风情将仕选，
耳垂福相又迟宣。
著书立说闻香墨，
画意诗情唱木弦。
竹简千年如长卷，
意钟青绿质丝绢。

五律　且行且珍惜

聪明透巧机，才貌两边齐。
造化法天道，知识润美丽。
罗盘引彼岸，时刻问潮汐。
缘分天来定，长远靠耐力。

七律　五一节

飞流直下绘心涟，卧涧双虹世罕现。
喜鹊银河初有渡，鸣鸟禅院再观莲。
冰洁有韵沐春色，荣光无垠饱眼帘。
奇迹全凭双手造，心尊劳动庆一天。

七律　金山寺

焦山扼险炮台外，
香径无尘晓雾开。
古港岸深舟不见，
长江云浮一片白。
秀才撩引白蛇舞，
妖娆招得法海来。
水漫金山雄黄故，
自由恋爱且追怀。

满庭芳　秋分

夕照登桥，碧空如洗，鹭鸥飞过堤岩。仲秋有味，银杏最深谙。翠绿悄然黄透，倚栏者、拾起笺谈。时机过，金色无觅，深浅怎么探。

静思多半是，河旁羁履，对景禅三。总负了，青春眉眼娇憨。题就书笺无寄，于脑海、平仄相参。心安处，美丽依旧，风晚裹衣衫。

七律　喜讯

东方浮日跨麒麟，
珍藏心经与友吟。
春色满屏任你品，
玉镯一圈表衷心。
锦鲤吐银浪摇萍，
双燕衔泥建筑辛。
喜鹊西塘枝间闹，
天堂人间幸福临。

少年游　双燕

停过千楫旧时枝，双燕欲归飞。
长江风软，江南春暖，新曲动帘帷。

不眠誓言中消瘦，梨白衬红梅。
无限风光，辈差装束，如有宋明时。

七律　游

初夏乾坤柳色烟，碧空如洗亮青天。
鹭鹤翩舞烟波处，资信轻传天地连。
诗兴勃发唇起意，客骚缱绻笔生莲。
游玩霞客山幽去，阆苑观源胜谪仙。

七律　问道

吹弹扶箫人世间，纱裙百转小女鲜。
苛求大士脂新籽，临幸三皇藏典前。
坐阵运筹羽扇子，裙钗封榜驻塞边。
风花雪月从今越，倒骑毛驴老为仙。

鹊桥仙　机遇

青杉雨霁，
峰峦云淡，
兴意阑珊罢赏。
曾经借得溯光机，
樱夹岸，
不便安放。

珠帘内卷，
笛箫曲短，
却道去年相忘。
雕梁依旧燕登场，
且由去，
壶盛恩长。

七绝　溶洞

光酌荷珠波下醉，
风牵柳袖漫摇波。
茶楼翻泼书生趣，
溶洞初探蝙蝠多。

七绝　舌尖

蜓悬蝶舞荷花间，
美味垂涎吐舌还。
味绝色香藏不住，
清蒸去火似过山。

蝶恋花　归

皓月当空风细抚，
梦醒时分，
却也相思苦。
倩影翩翩才又睹，
绕梁香艳飞何处。

笑靥含羞犹有嘟，
欲启朱唇，
故事从头诉。
莫负玉人情意笃，
归来问津鸳鸯渡。

虞美人　思远

夜风轻拂花枝颤，
香送青荷院。
无端忧绪柳丝遮，
依旧东风摇乱，
绿窗纱。

苍茫万里孤鹰远，
消息东西晚。
暗渐天色行人单，
却是一梳弯月，
柳梢缠。

画堂春　小别

殷红绣在碧玉葱，
幸点印记芙蓉。
倚阑双手捻鹅绒，
粉嫩妆容。

归上频催心事，
涟漪思想随风。
一愁相视盼重逢，
小别情浓。

满庭芳　最温馨村校

云淡天高，鸡啼炮闹，吉时黄道正庆。
大林曾呼，语暖送风轻。
校外参天巨柱，高铁发、驶向穹庭。
塑胶径、回音学子，百草展姿荣。

湖湘同学牵，命名十载，师大抬迎。
教育家，醴陵贤举深情。
立馆遗珍重拾，凝眉际、尊敬前行。
凭高望，佛年学校，最美北京评。

七律　庆生

藕白花红正当值，
和田出玉宠霓裳。
苏河有浪赋诗在，
天使驰音喜欲狂。
鹭舞朝阳红木意，
韵如明月白云乡。
遥期来福满山峡，
康乐猪年祈者阳。

七律　误车

眉头思绪已渐浓，
郁闷胸中气不溶。
乔木鸣蝉难自在，
镜花戏水不从容。
佳人不见阑珊处，
君子心思不在笼。
车绿错时分秒间，
历经成鉴闹前钟。

七绝　留客

碎花心节有无持，
归去来兮犹豫时。
都是缘分那点指，
枕于清梦讲留兹。

相见欢　静夜思

幻听对面呈琴，和梵音，
书影随风翻动，玉儿临。

夜思静，庭中径，露真心。
思绪不曾稍断，短诗吟。

七律　有约

情流静阁相思天，
密语邮资传万千。
胖瘦负正如月事，
叮咛长短有长篇。
坐怀奔走单骑在，
站罢登车步不前。
今日再书飞渡约，
桃花人面南湖边。

满庭芳　情如水

眉喜留痕，脸呈霞赤，风情恁自凝愁。
倚窗微醉，眸子乱清秋。
酸痛轰隆渐远，凭谁道、旧思新愁。
流风里、一痕华影，夕照晓天幽。

心头曾往处，楼红人待，倜傥风流。
盼峰岚云流，且作绸缪。
天上人间梦里，幸福也、欲说还休。
情如水、逐江东去，誓与海同流。

五律　冷香

湿气正寒冷，围巾护脸温。
观之如玉醉，恰是胶润存。
袭暖洗冬腊，清新自有尊。
贵人终相遇，随曲暗销魂。

七绝　秋思

金风萧瑟叶红楼，
绕石时光指间流。
盖雪玉山通体透，
同舟相济度春秋。

七律　祈

犹闻琴瑟旧时声，
心间眉梢理不清。
绿畔有持钱塘渡，
前门且阻后篱行。
春风夜咏阑珊事，
夏日藏娇秀州城。
香上三支祈一愿，
若成煮酒谢真诚。

五律　愿

恒星走宇穹，荣冠系心中。
忆昔相携手，凭栏共沐风。
幽泉清如许，岸柳意无穷。
钻石今生愿，春秋日月同。

七绝　秋霜

卧琴不抚怎消融。
既定时辰醋意浓。
风讯若当秋霜起，
梵林初染一片红。

七律　天问

一投飘石漾如文，
岸柳胡吹乱几纷。
日出海东昆曲传，
落霞河间越声闻。
梧桐寂寞惊魂叶，
白鹭江天印浪纹。
泉眼有声东付海，
玉箫天籁有仙问。

五律　青春回想

一池绿玉撒，一朵粉红香。
素面承朝露，闲情向暖阳。
忽闻银铃笑，曾有少年狂。
细数无心过，轻抛恣意尚。

七绝　荷塘蛙鸣

旭红初照好天时，
碧荷塘长拥粉痴。
仰首风情鸣一夏，
坐莲绿蛙也王师。

七律　七夕节

今日七夕龙有吟，
银河不显浪浊侵。
痴男怨女风月事，
流水高山伯牙琴。
愁绪满腔连一线，
相思竞日寄予君。
飞鸿鹊桥永恒在，
万里长江东向勤。

七律　荷塘情趣

曳摇嫩荷闹蝉嫌，芳华娉婷自在仙。
玉面情燃独枝秀，红妆欲染一抹鲜。
凝呈冷碧池中画，梵化檀香观坐莲。
眉间霍然写川字，蜻蜓嫉妒恨占先。

七律　恋曲

烟波浪里竞飞虹，越流吴山一笑逢。
水乳交融呈画壁，石林飘渺觅仙隆。
时辰沙漏才开启，日月书笺有唱功。
后堂前庭筑如意，桃花源里浅深通。

蝶恋花　梅雨

遥想昨时翩轻舞，
眸子含情，
倾听天人诉。
衣曳鲛绡长发妩，
轻盈如柳摇莲步。

今日梅魂都化雨，
只剩浓阴，
雨伞人归去。
一颗晶莹粘荷住，
青蛙蝶影藏他处。

七律　湖畔信步

湖滨纱柳走街沿，
挽袖闲谈信步嫣。
寻径早就人满讯，
开斋且观厅前燕。
问安哪得医头脚，
示景何寻嫩菊研。
日月乾坤横竖走，
浅尝深品自然宴。

七绝　情人节

梅香二月盈君榻，
喜鹊博腾叫枝桠。
情侣佳节无计度，
春风百里串直辖。

七绝　行医

喧嚣抛却觅长春，
黄帝内经净俗尘。
大隐于市身作画，
神医调和外方人。

五律　岁月

轻风送竹凉，桐绿任徜徉。
才听莺声亮，已闻柿子香。
芳姿风柳岸，荷碧欲占塘。
草木荣山秀，春秋日月长。

七绝　春燕

暖风无意孕心花，
金盆枝丫露豆芽。
春雨早将歌山洗，
紫燕飞入画水家。

七绝　海啸

天倾一角决冥洋，
忍看东瀛国有殇。
天祸当前皆同类，
和平方舟救扶桑。

七律　三清山

三清引导步巅峰，云雨飞渡竟从容。
叠绿云松迎面笑，映山花簇绕身拥。
瑶台浮石若观音，天地初定巨蟒停。
不染红尘神道教，修行绝壁觅天洞。

七律　缅怀

青松一柱后山栽，乐享天伦梓萱来。
茹苦含辛成慈懿，敬长扶幼靠良孩。
玉皇何解前遗债，阎帝悲煞至亲哉。
未报春晖身豁去，赋诗思念泪湿怀。

五律　小小少年

杖青待晷困，回笼惬舒春。
懵懂情迷赌，依稀恋奶醇。
少年烦恼重，童趣河滩新。
南望云归处，泉源觅璞真。

七律　天上人间

太空寥廓仙居处，
东圃寻菊凡间阶。
画壁苦行随有乐，
深宫寂寞叹俗别。
玉兔鼓瑟嫦娥舞，
蝶梦庄周道义约。
天上人间皆美好，
清风明月渡江阙。

七律　秋池

西风红叶入秋池，
恰是珠玑饱满时。
几瓣残红娇欲露，
一塘遗韵巧盈姿。
情天无意时催早，
泉水融心月动迟。
一展风铃行色匆，
注目行礼慰相思。

七律　感怀

雨情画意眼中舟，碧影梧桐岸上柳。
竹纤婀娜频惹眼，雌菊缱绻最怀柔。
如金往事风中唠，似水年华梦里酋。
流水高山思绪涌，天长地久醉清秋。

七律　游春图

春光慵懒柳枝苏，
细雨如帘蓬莱珠。
前庭梨涡深浅过，
后桥岸线粉樱图。
小河潮汐清还浊，
行道遮天有若无。
驻足级台且取景，
却为笑靥汉唐姝。

七律　问津

无涯彼岸备舟船，
意满东风便启帆。
游客问津桃源渡，
船长航导地名全。
稍息慢阅功名册，
起立急翘如意安。
漫撒春晖江汉水，
和谐天地染江川。

凤凰台上忆吹箫　学府

学府缤纷，蝶飞蜂舞，荣芳飘漫湖东。

江畔柳，蜻蜓小驻，涟倚微风。

再回母校似梦，多少事，欲问苍穹。

曾几许，西窗剪影，听雨滴桐。

匆匆又迎薄暮，江头系，抬头江尾观鸿。

顾首处，功名一路，苦乐心惊。

此次魁冠无别，应笑我，忐忑情衷。

明朝看，元阳举东嫣红。

浣溪沙　郊游

风暖送行郊野游，
泥沾童趣竞自由。
欣闻画棹碧溪流。

摇曳藕花芳华绽，
那堪莲白苦中留。
舞开水榭月如钩。

忆旧游　易北河舒怀

热球飘旷野，易北河清，古堡冠欧。
阳台欧洲望，华荣千里羡，先哲歌讴。
普王筑京神气，曾富甲排头，旷世称枭雄。
苍鹰有据，震撼西欧。

悠悠。想当时，举幽欢佳会，盛况盈眸。
大战消愁恨，昭昭因果有，一跪还羞。
今登楼凭栏望，竟日思东瓯，惹不惑才谋，无功名却藏
玉钩。

满江红　红装素裹

一剪梅枝，白玉衬、十分娇色。
欢喜佛、天仙尘步，激情时刻。
千种相思云动处，万般柔软风翻侧。
醉时妆、掩面染花红，真堪赞。

轻盈笑，娉婷立。
蛮素舞，呈汗涤。
弄袖中香囊，向君飘逸。
怀抱蕊馨摇雨露，柄擎玉盖迎朝日。
忘时间、奔赴两腿酸，君疼惜。

鹊桥仙　天上人间

风中恋曲，星流宇宙，飘渺银桥那处。天人感应惹相思，从来是，距离最苦。

闲来度量，夜来计算，尽在星期一晤。阴晴圆缺两无猜，自然是，知心如故。

七绝　惊蛰

暖风挥墨画春符，
脂粉轻微有若无。
鸟啭几声穿柳舞，
老新校景一河图。

五绝　春雨

暖风欲退寒，细雨红梅观。
最是校河柳，青丝撩君弹。

五律　壬寅立秋

曾翻老历篇，赤日欲穷年。
冰雹扔兰月，金蝉自管弦。
旧风遭阻隔，新雨缺机缘。
玉宇争方热，人间盼景迁。

七律　游园

绿梅映日吐新蕊，
狮岛悬桥君行迟。
工作有闲咖啡续，
笑靥无遮雅正词。
樱桃芽爆天然涩，
鸥鹭凌空自在姿。
上瘾蓬莱随意到，
缤纷花絮乐不支。

七律　元宵节

立春癸卯下蟾宫，
彩练飞天上元红。
千户团圆年味好，
万家灯火百越丰。
欣闻老者渡疫波，
更喜少年持焰铳。
戒律清规一边去，
板龙舞起东阳哄。

满庭芳　春

最喜春时，上苍春赐，柳黄凝翠春枝。
自然春美，春伴信鸿至。
眸里千般春色，滴春雨，一地春滋。
醉春色，唇含春笛，春吹燕乐词。

凭阑春色赏，春书红袖，学海春痴。
鸟鸣春，春竹有趣和之。
携手阳春之际，春风盛，不意春迟。
春光惜，青春无限，春绽丽人姿。

满江红　潮汐之河

陌野芳华，柳袅袅，那时颜滴。
樱河畔，波痕清浅，金蝉云笛。
上面鸣春芳菲近，前头夏日雷声急。
豁然意，白鹭急归巢，天人一。

迁徙去，清霄寂。人不寐，鼙川激。
忆滋味，几度相思如惜。
岁暮露珠情绪满，年头应记曾怀璧。
对西窗，月亮缺还圆，该珍惜。

沁园春　细雨

细雨敲窗，旧叶飘零，花意阑珊。

曾玉箫收藏，引弓声远，秀丝频弄，孤馆思远。

情意绵绵，绕山云递，

一片痴心自悟禅。

平生愿，与君品玉盏，共解连环。

华场丝裳置换，指毫再填玲珑旧篇。

怅天涯咫尺，憔悴萦绊，繁华街头，油伞挤园。

几度回望，几回畅想，

游梦幽幽入翰园。

再眉结，隔屏敲键响，还扯心缘。

满庭芳　贺神舟奔月

倾国嫦娥，千年冷落，蟾宫桂树重重。

悔不当初，只晓寿丹逢。

美丽无言排遣，常遥望，叹羡西东。

只祈盼，故园神州，何日有飞鸿。

霍听西昌地，

银舟升空，喷射炉彤。

看信使，月宫喜煞娥凤。

飞洒珍珠串串，满天舞，情溢心中。

洒花酒，长空亦醉，今日中国红。

满庭芳　菊

秋爽云归，霜天饮露，满庭馨艳融融。
不居暖季，姹紫胜春红。
冷艳仙姿舞蹈，金风动，笑傲清穹。
羞蜂蝶，欲合芯蕊，盼采客沟通。

堪秋姑苑隐，陶公种爱，千古诗风。
傲浊世浑尘，何屑他崇。
远处幽幽自赏，怀新逸、珍匿琼容。
东篱下，妍芳手捧，欣悦盛时逢。

满江红　盼归

拍脑醒来，方知道、已然彼岸。

金风舞、万红辞树，瘦枝身段。

一点芳心留不住，两行清泪风且干。

纵羁绊、仍旧奔巢还，空庭院。

芳菲去，黄叶转。慢碎步，阶前满。

望云朵飘渺，笛闻丝乱。

总是青山绕水转，几时明月随心愿。

迎归来、勾兑酒如霞，添温暖。

沁园春　白茶

瓯越梯田，青绿春光，扮靓江南。
见毛尖翠蓄，明前霁润，逸香姿展，烟雨情添。
葱岭芳华，竹园逸韵，画水歌山致富源。
须晴日，那采撷妙景，玉指蹁跹。

遥思陆羽当年。
寄长兴、更尝百草鲜。
锦衣研茶道，悬毫若舞，刻宣经唱，竞秀尘寰。
迎客沏茶，诗人煮酒，退隐生活禅意添。
有道是，这万千碧树，银岭金山。

庆春宫　年轮

河曲江潮，霞丹桂海，似披黄赤禅裳。谱调弦歌，校庆回响，音传普域闽荒。倚栏怀旧，变色镜、风摇北窗。善如天水，堪润年轮，陶醉清香。

念来思不由缰。数十年前，意气飞扬。曾仰成门，欣持鞭教，却尝管理炎凉。影忙门槛，自负了、文青艺凰。映晶天际，洞照后堂，退亦何妨。

七律　校园八景

水榭观虹思前贤，
夏雨飞烟丽娃仙。
古木清辉天下事，
书海掇英百余年。
园丁小筑家何在，
石径花光狮子鲜。
三馆迎春应有意，
荷塘挹翠闻丝弦。

七律　新校区八景

紫源尚义窦邢童，
竹简晨光书卷筒。
狮岛悬桥观白鹭，
梨花半坡草坪瞳。
石门文脉校碑在，
樱雨师路三里通。
杏坛大师潮头列，
光大华夏志愿同。

七律　校园夕照

闵行夕园鸥鹭占，天台拾步镜头宽。
校河潮汐柳风舞，樱木砖红花已阑。
封顶大楼长臂绕，铺张竹简紫光盘。
诗书饱读人忙碌，为睹珍藏误晚餐。

江南的雨

江南烟雨
如海市蜃楼
舒展美丽的腰姿
撑起的油纸伞
如何寻觅
那份大城小巷的温柔

江南相思
如水墨丹青
浓淡几许
古意徜徉的展卷
驻留
那个熟悉的背影

江南河湖
是上帝的汗珠
梅雨季特别的味道
沁入肌肤
伞下飘逸梦里的流动

隐没在绿的葱茏中

多情的雨

驿动的心

滑落缠绕的指尖

弹出天籁音符

欢愉的优雅舞步

缠绵着乡愁

在不谢幕的青绿故事里

仍是主角

阳光

从春天开始
从挖来的一盆泥土开始
从手中的一粒种子开始
此后
是发芽的声音
拔节的声音
开花的声音
果实脱落的声音

生机勃勃轰轰烈烈
冬天的舌头已经伸到夜晚
秋天还在吃夜宵
桂香收集起来
我要为时间做道浪漫的点心
名字叫做阳光

梦

高深莫测的夜敞开

一扇梦幻之窗

因月光受孕的云

颤动在时空之外的意念里飘着

夜歌的花菲

生命的呻吟

玉箫演奏着红葡萄的醉意

拉丁舞蹈

梳头盖着心印

一个梦圆了

一个梦碎了

一个梦等待着另一个

梦换

心声

孤立于浓雾中

隐藏着紧张

进一步是最初的渴望

退一步永远成梦想

只因为

驿动的心

只因为

暖冬

爱有声

像一阵阵风吹过

传来的是

春的呼唤

爱无语

像风一阵阵吹过

传来的却是

温柔的名字

冬天的美

其实冬天很优美

树林干净简洁

阳光随处设置营寨

嬉戏的身影

也让人联想起游山玩水的姿态

冬天很优美

打盹的阳光下

设置岗哨

潜入亚当的血液

转化成能量

滚动着的汗珠

清新舒展跌落

冬天很优美

像舞者脱去一件件外衣

露出赤裸裸的灵魂

潜伏到骨髓

能听到好消息

能听早春拔节的声响

守望

走进了守望的季节
冬天的味道
就是留一份执著和全神贯注在心底
去守望着心底的希望
在守望中演一出无人之境的清演

冬天一定是一个思念的季节
因为雪花总在冬天开放
守望着雪花飘落
如果不是为了守候雪花
那么冬天还有何味道
雪花砸落了尘埃
雪花在瞬间开放
无声无息在寒风里飞舞
华丽而凄美
一切皆默默
是酝酿来日的复苏和希望的力量

冬天的味道

就是给自己一个空间一点时间一个躺平的思想

去思考去回忆去规划

躲在被窝里去守望着心里的希望

独自冬天的夜里

不安的心绪在夜色里游移

窥见冬雨隐在高楼大厦的霓虹灯身后

别样的朦胧凄迷

守望的我担心冬雨中的行走

在盼望着春天的第一缕阳光能如约而临

盼望着生命的绿色随春风轻舞

那柔暖的阳光铺撒在大地

洒在那孤寂的小屋

我守望着春风的到来

让它去诠释生命的美好与时光的珍贵

希望的冲动就在冬季酝酿

思念就在这冬的守望中起身

因为一时无法改变

只好选择在孤独中虔诚地守望着心中那精神家园

守望自己的信念

独自守候在深情的小屋

静静地守候着自己的梦想

透过那玻璃上薄薄的水汽

窗外的世界看起来更加朦胧

静静地守候着这份孤寂

忽然间我像是明白了一些什么

单纯的守望

天地人合一

心境会变得很宁静

生命会变得很纯美

守住这份宁静

你会感到自己超凡脱俗

能让你回归自然回归生命的本原

能让自己用心构筑经营自己的心灵家园

这一刻是传说中的禅……

为你写诗

不知从什么时候开始

我为你写诗

每天写自己和影子

写喜欢的花和护花使者

写人与自然融通社会

记录那些从未抓住的漂泊感觉

记录眼睛看到的世界蠢动和原始冲动

有时候用一首诗写整个一天

有时候用许多天写同样一首

有时候用微笑写，用虔诚写，用等待写，用时间写

有时候在心里默写，和泪吟唱

有时请绿皮火车打节奏

有时用不标准的粤语歌曲起由头

有大把的时间可以浪费

为傻得可爱的青春

写了许多为了忘却的记忆

如无声电影

去告别，再纪念

去迎接，再盼望

诗情

早晨

一杯清香的茶

一首柔情的诗

一颗点亮的心

穿透所有的美丽

和所有阻隔定向传输

读诗的人

会意着当时的一种风景

写诗的人

在风景中做自己的旧梦

昨日诗，今日诗，日日新诗尽作痴，寄调两地思

愁也词，喜也词，七情六欲皆入辞，念赋心有志

等待春天的造访

莫名休怪长河晴朗
水光晶映霞明
这般独处怎胜君伴卿

回首岁月思春恩
琴声听娉婷情
执缘牵手迎春立

凡心重天地间
希声默默唯有天地鉴
携手岁月看桑田
风云志比翼轻

以数九抓住春天
靠本能惊觉生命
凭创造挽留生活
用真诚跋涉心灵

时间镶嵌的那颗心

用心铺成的那条路
路上吟出的那些诗
诗里加入的那些梦
梦里涌出的那些情

催生一缕新芽
营造一点生命温煦
创造一片宜人风景
看在眼里是凤鸟
握在手里是和田
搂在怀里是脉动
贴在嗓子是恋曲
等着你造访的春天

我要在春天的门楣
挂满布谷鸟的歌唱
我要给采蜜的蜂群
下达起飞的命令
在开始返青的原野
射下甜蜜的箭

我要背上绿色行囊

跨着大雁温暖的翅膀

播撒阳光般快乐的种子

我要在春叶这新美的唱片里

录下山泉哗啦啦跳跃的节奏

配上春雨这美滋滋的朗诵

我要让春天的日子都鲜美如童话般自然

故乡

远远的山伸过来

依稀爸爸的手臂

抱我

暖暖的风吹过来

仿佛妈妈的香唇

吻我

甜甜的乡音喊过来

似是妹妹的小手

闹我

我的心灵家园

再见，让每一次相遇

格外珍惜

丽水几尺，数点白鸭，画山接晚霞

犹记多情时节，桂花香淡，独闯幽峡

星移一周，多少故事传说

再回味，只随晚风过老家，相思人在天涯

私奔

拒绝汽车火车飞机，秘密而随意地行走

在春风到达之前，走到哪里

就在哪里歇脚

在有泉水的地方，平静扎根

模仿花的模样，坐在枝头

酝酿花粉

当一只蝴蝶飞来

克制痒痒的吻

让他传播

当金黄无垠，已经和他同居

一起喝晶莹的露水，数眨眼的星星

计划生下满山遍野的小花

醉了，但我不会

告诉你他的名字

我和他已经私奔

拿去

答应我，将夜晚和睡眠拿去

留下自由的灵魂

把日子拿去

把日历的空白留下

把欲盖弥彰的膜拿去

把骨子里的清白留下

请你，拿走所有的食物

留下饥饿的无力

拿走所有的衣着

留下寒冷的清醒

拿走呼吸

留下嘴唇

拿走光天化日下的一切

和上苍所有的宽恕

留下折磨诗人的方式

你可以拿走所有

如果你把爱留下

吻

请在我额上留下一吻
我就不用戴虚荣的桂冠
请在我手上留下一吻
我就不用戴灿烂的指环
请在我眼上轻轻地一吻
我就再没有寂寞的清泪
请在我胸前轻轻地一吻
我就从此豁然开然
请在我的唇上轻轻地一吻
赐我永世的安宁与福祉
在这变幻莫测的世界和寒星颤抖的夜
我多么需要你的热吻

等

这一刻忽然染上了绿色的暖意

这一刻是漫长的期待

我在等你

等你，等成一首缠绵的诗

等你，等成一首无调的歌

等你，等成一江东去的水

此刻，我在等你

等你赴我无约的约会

眼睛盯着绿色的约会

蓦然间大地一夜拾得翡翠

我翘首期盼

等待着人面桃花开

你的腼腆无措如湖心一点

涟漪于我的等候

在那个阳春三月的日子里，终于等到你

盈盈一水在你的酒窝

人约黄昏

又一个黄昏来临了

这赋予思考抒情的黄昏

微风那么一摇，就来了

背着夕阳，缓缓跟跄、缓缓思想

风静了，心清了

大地又一次找到憩息的摇篮

一只雄鹰飞过了，开始寻找光

如玉盘般的脸庞，悬挂在视野的中央

呈迷雾状或云晕状

生命意向以音符和旋律

描绘灿烂的意象

遇你春风拂面的清水湾

识你静谧时的柔情汪汪

读你奔放时的热情如火

听你急管繁弦的音韵绕梁

拥你在星光缕缕的乡野外

看你婀娜曳地的长裙在迷转

古典成笔下随意挥洒的词章

五月的绿

翡翠的绿，柳梢的绿

沉积的绿，流淌的绿

绿色让五月成为

绿纷叠的映像

幽幽云薄，藏不住绿的娇羞

妩媚的午后忘记了圆谎

一派倾城的思念

放弃多彩的颜色

只有生命的绿

料知古泊的叶舟

盛载着五月的传说

不成调的鸽哨

夕照中的晚渡

不知名的香飘时节

轻唤名字

千遍万遍

爬上那座馒头山

望着那道峡谷

想象着黎明破晓

换一种姿势

倾听声音

指尖流淌出春潮

激起两道共鸣

心结顿时融化

一条溪流洗出

原野新绿

花瓣绽裂的声响合成天籁

阳光穿透的花架下

荡漾起伏的秋千上

还留一瓶浪漫的红酒

拥抱五月的绿

不介意曾经雨风

为生命与你邂逅

将心弦重新拨动

浅吟轻唱

希望撑开伞包

阳光下飞翔绿野

听到失重的心跳

终于撩开了诱人的面纱

绿的更绿，红的更红

世界写满了形容词

到处弥漫着荷尔蒙

所有的美丽和欲望都苏醒

生命激动而张扬

热衷于复制

准备瞅准时机

美丽的罂粟花

看见暗绿夜幕晃动着艳丽的身影

依然守着春天最后的窗口

最后的五月成为梦的边缘也成为怀想的借口

欣然的月光早已忘记自己

星儿明亮很有风度的温热

款款道来经年轮回的故事

这些突如其来的慌乱让语言无法表达

那个令人心动的词还是自顾自地逃出柔湿的唇

散步

喜欢散步时构思一首诗

这个过程让人痴迷

一些词语被挑来挑去

为爱所熟悉

又扑朔迷离

不轻言放弃

看大神造字嵌入大地

过程简单到如呼吸

没有就会窒息

不用湖笔

也可轻盈而舒畅地挥舞

大地如同宣纸

吐出几个心里的象形字

如风轻轻吻过

已有炭的印记

渐渐有了美丽的图案

如一个水灵灵的少女玉立

那些日子

翻飞着幸福的脚步声
把握住的八十年代
有个意想不到的开头又有了期待的故事
隐藏在手指里
弥漫了一个空间
时间太快溜走了
却带来春天的讯息
如梦里喘不过气
向往着自由之外的人和事
谁也没有看到这样的暧昧
把一个人紧紧地藏在怀里
不分日夜不分场合
捂得发紫
热着一个脸庞
把已经成为历史的青春
磨擦得火星四溅
一时忘记思考和吟唱

知道

阳光被山遮着

在另一个甸

泥土的暖，被小草环抱

还润着季节的芳香

被后面的山野

涌起的一种情雾笼罩

山那边的太阳分明知道，太阳升高雾就散去

露出的那条小溪

不仅仅

为一个山包缭绕

紫藤

紫色在

藤萝架里

依次看着新瓣

和在花朵上采来采去的蜜蜂

阳光从东边升上来

带来一些神谕

陷在绿中的女人

红得发紫

我向往你那醉人的葱茏涉水而来

心中带着长江的问候

中土凝聚了千年风韵

的土载不动的希冀不断攀援

长成常年的绿

青茎环绕饮下淡淡的星光和童年的磨难

藤上那盘根错节的牵挂

一端系在老家一端系在申城

道不尽母亲养育的恩情

美丽的身影融入异域的繁华

丽心赤诚眷恋在紫色花上久久盛开

的确你还年轻

青春的风早就扬起一份基因的复制冲动

孜孜追求的紫霞仙子

景致在执着里蜿蜒成一道永恒

乌云

没能阻止

乌云大块落下来

坠地的决心

瞬间溅落成

草丛间跳动的粒

越来越急的雨声

落在耳边

正如秒针的脚步

加剧我沉重的当心

出汗的十指

也雨点般落在键盘上

许多悠悠心事

能不能集成

流淌的小河汇入谁的港湾

女儿红

你的小嘴

雕刻黑胶唱片的旋律

衔一枝嫩柳

搭建最美的窝

把美丽的身影

埋没

花在风中起舞

雨在水面写诗

春之歌从心中响起

沿着地老天荒的传说

一直在探险

藏在洞府里的宝贝

一坛羞涩的女儿红

醉了春天的种子

谁知道是怎样悄悄地发芽

忽然开得如此张扬

鸟

隐在云中的一只玄鸟

怀想着绿色的温暖

如从水滨里升起的洛神

每一天与升起的太阳相邀

有一种春天来临的惊喜和期冀

沐浴纯净的原野

周身遍布露水

赤裸着自由着幸福的鸣叫

何日擦着春水双飞

共筑私密的爱巢

油菜花

一片金黄
是司空见惯的油菜花
只是现在飞入菜花间的
那一只蝴蝶
却早已模糊前世的身影
又回到今时的家
回到自然的栖居
睁开睡眼
已披上一身黄金甲
还有蜜蜂护卫无法亲近
眼看你随着春天成熟
开始结籽了
只能偷一袭花香
揽进胸口
安抚被蜇伤的心
无可奈何飞走

春

春
长春
春水绿
春心被鼓涨
踩着春的影子
企图挽留这季春韵
青春的一滴醇露挂草尖
一个心思把荒芜了一春的情节
斟满春酒
一饮春尽

带刺的玫瑰

用画笔

带着初心

画得出玫瑰轮廓

画不出呻吟

把它当作梳妆台

使劲地扑浓粉红的艳妆

把有颜色的笑声

嵌进了我的相框

在我的花园里

只有这朵玫瑰

与我相依

盛开的玫瑰

红红地噘着小嘴

我不敢靠近只能看

不是怕

被刺伤

敏感的思维

是怕我的手热情洋溢的匠心

让花儿

惨遭搂虐

种花

在好时节
将花籽嵌入
那更深的内部
我听见发芽的声音
一个芽蕾
小心翼翼薄如蝉翼
吐气如兰暗暗叫疼
整个春天，我重复着一件事
陪伴成长
欣赏开放

闷

是
季节
定制单
窗下伫立
听每一缕风
没有南方消息
远处音容渐清晰
真实的却逼近模糊
一地不能收拾的从前
都是铁轨载来的黄梅雨
一片闷热
层层屏障
不能呼吸

梦

又做相似梦
其实境不同
时间推向了明朗
闪动着儿时的影子
汗水和泪水流成了河
那日子从坡上走
开始难过后时间就轻松
像绕缠着彩云
西下时绚丽如虹

六月太热，水蒸的雾气蒙着
分不清蝉鸣和哭泣的声音
同样的街境，同样的花
有人撑伞，而我开始晒网
准备在下一个汛期
捕捞被风吹落的影子
习惯了沉默的就继续沉默
喜欢聆听的再支起耳朵
下一场演出
还是看那个主角

时间

秒似新生儿的搏动
幸福地扣门

分如月儿生长
极缓极慢地颤悠

时像太阳升起
温暖团团包围

三颗针的旋转
三百六十度的圆
是谁安排了
这三颗针的命运
谁让三颗心钉在一起
在这圆圈里转

想象

把高楼想象成一座山

把拥挤的

窗台想象成满山的花朵

把街道想象成一条够长的腰带

把川流不息

车辆想象成泉涌不息的溪水

把人儿想象成小时候的玩伴

把街角霓虹想象成雨后的彩虹

把所有的广播和噪音想象成鸟鸣

把读书想象成一次快乐的旅行

把旅行想象成儿时赶那条憨厚耕耘的水牛

把水牛想象成努力的自己

把自己想象成你

黄昏的男女，伴歌踏舞

唱是一首老情歌

舞是一些慢步

此情此景，有种感动

这是城市的旋律

而我的歌是大自然

童话

从寂寞里穿越灵魂的曲线
是原罪轻易的定格
华丽的青色舞步代替承诺
瓜熟蒂落的处子在安静里等待
想起玫瑰枝头停落的时光
岁月之图上被人雕刻
红苹果上遗落最初的坚硬
诱惑面前呈现潜在的欲性
渴望已久属于亚当夏娃的花园
请给一个童话

在童话里和绿舟星光牵手
走到永远的温柔
从四面八方涌来的洪水
迸射在这群积木里
还好内心坚守的木器
不怕一次次重启
还可搭出新的希望

我要去远方

风在草叶上找不到一点动静
目光被鸟的翅膀扇动着飞翔
少许胀眼的是梧桐间遗漏的光
桥下的水一动不动
有几尾小鱼在喘
静笼罩着一切
让人心里憋得有点慌
忍不住要喊几声回响
植于内心的情愫
要用那一声呼唤
诗和远方

那里吐气若兰
美丽一起一伏
生命被推上绝顶
时间在水中漾开
如竹梢悬的露
如小溪游弋的鱼

火在水的深处

越烧越旺

折射一片光与影的暖

时光

有　一枚美丽的时光
落入黑的幕
像离开故乡一样不舍
是因为，挂怀着一抹红

在视线里，如盛开的梅花
是被打湿的一盏离愁
傲雪倾城的笑
和藏于笑靥中略带忧伤的冰美
驱动前行，借光再一次看见
一种似曾相识的约定
叩响那高山流水般的冰封的心事
今生注定与谁不期而遇

遗忘了自己身在寒冷的何处
只知在线的那一头有信，这一头捧在手心
仍守在一个明净的邮筒里
等待着梦中的倾诉

彼岸筑巢，心中的青鸟却在此飞翔
听得见，过不去
目光挥动着无奈和希望
就像一座雪山下的冰川，动弹不得

你说

六月你说把握不住通往神秘的唯一契机
望着倒计数字
嘀嘀嗒嗒落到手心透过指缝恣意
跌宕
夹竹桃开花了酸酸白白的花你如痴如醉
缠着有毒的花唠叨
一朵洁白的冲动
红蜻蜓盘旋了很久最终还是飞去
下雨了滑下一串串心事
踯躅独行故意把伞收起
湿漉漉黏糊糊所有的感觉都能透过皮肤
黄梅时节梅子熟透了好酸好酸你说
舌头够酸了不想再酸
你说末日来临前好歹要游游太阳河呛几口水
是海洋的后裔迁徙内陆是白马的恶作剧
你说抱歉耽搁了那个季节响当当的太阳下
不会再有
这么多悲哀里滋生的爱像悲哀一样真实
于是

凭雨季激荡起最后的勇气

把图腾的想象

碰落

雄了万物

月思

烟波浩淼中

一轮白玉盘

由远古高悬

不能泯灭的诱惑

吟唱在今日

如上帝不经意间落下

一粒白色的棋子

深蓝的棋盘上

做了一个活眼

于是天空

布满了星星般的思想

星云一样撞击的灵魂

月亮和太阳的传说

与命运对弈

二月

是风的温柔还是草的柔绿
融化了风雪里的六角花瓣
迎来了似水柔情的二月
从晨雾到晚露，从朝霞到晚霞
从日出到日落，从思念到拥有
这一串又一串的过程
似乎来得是那么地自然与和谐
二月，你似水柔情啊柔情似水
于是，紫色的心情，紫色的浪漫
也悄然驻入了我如诗的情怀
一个新的心路历程起航
盛开的花朵
是那么清香亮丽，那么楚楚动人

矛盾

怀着虔诚

在这个流火的午后

啮噬一部太极

试图破解

白与黑

出处与归处的难题

解开爱与恨的周期律

幸福的猪

这是婴儿出世的第一声呐喊

温暖韵如

从此

她要开始一段幸福

浩浩渺渺没有目录

只有拨弦擂鼓踉跄匍匐

让彩虹的步伐横空

惊悚同类

让白马的翅膀承载幸福

飞跃春夏秋冬

蝶

漫长的黑暗与疼痛只为你

一抹阳光的呼唤

当失去自我破茧成蝶

爬行与飞翔之间

舞姿无与伦比

翅膀是传说给的灵魂

甘露的粉蝶不愿飞翔

吻一样的风吹破了收获的金黄

邂逅于摇曳的时光里

是美丽的新娘

夏天的路线图寻找流水荷香

前世今生都是

飞不过的一朵花蕊

今生来世都是一只幸福的蝴蝶

夕阳

其实是

梦的序曲

择日不如撞日

现实不如幻想

如果

因为种种

没法迎接那一泓

橘红的辉煌

就让时光见证

黄昏的呓语

如何染成

火烧云的鲜红

醉

相识没经岁

春华秋实终成果

换得孤家无寐

绿洲檐下筑巢

临江品新桂

荒郊野外无所谓

两人行就陶醉

常萦倩影成双对

啄果磨喙

呢喃著新诗

唤得容颜紫

要重逢熬得周末

满腹话和成酒

装绿皮罐与君醉

桃花源

寻找世外桃源

那里没有历史变迁

也没有世俗的束缚

如出笼的小鸟

奔向属于的幸福

即使是山雨欲来风满楼

亦不会惊慌

因为有一个可以依偎的天堂

从此只羡鸳鸯不羡仙

梁祝化蝶罗密欧与朱丽叶

不如高山流水知音伴

也许是前生修下的缘

也许是对不能日夜相守的补偿

不再徘徊在两地的边缘

不再等待未来的轮回

踏进现实的桃花源

造化弄人

思念

在思念的时候

孤独才显得特别美丽

思念是一种很玄的东西

是一种幸福的忧伤

是一种甜蜜的惆怅

是一种温馨的痛苦

是一种无奈的假设

是一种报恩的冲动

是一种曾经的过往

……

思念是对昨日幸福的沉湎和对美好未来的向往

是三三两两的自由散步和青春的若即若离

也许思念最多的是天地君亲师同学

当思念滑过你生命的那些人时

所有的都蒙上一层淡淡的光晕

正是在岁月的磨砺中

才能得到这不经意间赠与的情感奢侈品

天之骄子才能不断地净化和升华

没有距离，便难有思念
不管是天涯海角还是咫尺天涯
思念需要物理阻隔、外力加持和一份宁静

当飞机冲出跑道腾空而起
当绿皮开始吃力移动
那一代人长长的思念便开始了

当河东眺望河西
丽娃河情牵樱桃河
这栋楼望着那栋楼时
这波人的思念才开启

因为思念
月光被注入了浓郁的感情
月亮弯的时候，思念是圆
月亮圆的时候，思念怕弯
无论朔望，长长的思念浓缩成一首皎洁的诗
也正是因为有了思念
才有了肆意幻想久别重逢的欢畅
才有了意外邂逅平民英雄的惊喜
才有了胜利后的相拥难舍难离

思念别人是一种真实的温馨牵挂

被别人思念更是一种无价的傲娇

当然期盼是心有灵犀的量子纠缠

不思量自难忘

因为"倒春寒",春日迟迟、草木萋萋

烟雨蒙蒙使人愁,樱花师路无停留

在慢下来静下来后

却收获了无与伦比的美好思念

多少年后,也许会思念今天大白的棉花棒和像保护隐私
一样的口罩

思念书香防疫和云返校

思念"蓝马甲"花式喊麦和辅导员的日夜叮嘱

就像翻阅黑白七彩的光与影去记忆成长的世界

期待

脚步飘来

带着冬日

一瓣橘子的感情

依赖的声音

在门那边

像一首歌谣

残阳西移

寻找着春天

据说不停地走

依靠不停地写

悼念

不小心被霜冻的果实

许多声音

在冬天里暂时蛰伏

门外只有一种高歌

北风吹

寒流溢过日子

在漫延

还好能继续写心依然生着火炉

还好能继续走阳光就要露头

还好已是数九

新年就要来临

还好只有一句

就有你的春天

伊甸园

越过千山万水
将一种动魄的美丽
抵达我的视线
又不顾一切植入我的心灵
抬起眼是思念的方向
低下头是温柔的语境
一只红苹果的情义
一段盘旋看护的软体行程
让翻来覆去的细腻
带着微醺的红和迷人的冷
清凉地轻唱浅吟
目光总在期待相遇
一种好想被诱惑的感觉
时常感到隐痛
只要能看见就有了世界
怀揣一颗小鹿般蹦跳的心
那娇艳欲滴的红颜
在这西子驻驿的地方
在这伊甸园

有谁能阻止

那危险的寓言

虽然没有剧本

虽然只是匆匆过客

虽然处于无法抵达的彼岸

而自由的思想

诗歌的心

潜伏在心扉

就继续做梦吧

彼此封存好回忆的笑容

直到五百年后

仍然为你心动

冬至日

为秋天写的诗，堆放在冬天的门槛

所有的枫叶，都被制成了书签

写上祝福和赠言

孤独是岁月的缩写

经过光阴的孕育，才得以分娩

疼痛脱离了骨骼，一路逃窜

新陈代谢

梦穿越不了的领地，在现实的瞳孔里面成像

攥住我的手，怕冬寒么

内心还不断地涌现甜蜜的意念

想邂逅这么一个芳龄少女

坚持抵达温暖的信念

就像石头一样坚定

毕业季

丽虹桥连起河东与河西百年的相遇

啦啦操跳跃的青春如樱桃河月圆的潮汐

逸夫楼不眠的灯火陪伴着丽娃河的静谧和温柔的你

登上天台是花园学府如诗如画的四季

走进罗马柱是永远的教室

窗外绿茵屹立着爱在师大的印记

我们同风雨共追求

守护着这份美丽

我们求卓越敢挑战

绽放青春的壮丽

夹竹桃开花了又到了告别的时节

我们套上学袍唱起骊歌

有点志忑有点傲娇有点不舍

还有归来仍是少年的希翼

向阳的葵花是我们定制的毕业季

我们聚是一团火散作满天星

强国有我 灿烂无敌

圣诞礼物

一张庆祝的纸
写下了几片思绪
用黑的派克
如同黑夜的天空
点点闪烁的星
但看不清原形
此刻　只知道
情感
看不到
她的模样
尽力搜索
可能出现的地方
她的模样
四面八方
无助的脚步
原地流浪
走过这张纸
留下一串浪迹
墨写不出方向

兰花

一位具有兰花般质地的她
在傍晚打开了
心事
她的眼睛有着兰花般的高贵
这是我宿命的兰
她的分泌液
正浸蚀化石身体里的
岁月之堤
和时间的包浆
痴迷于兰
透支所有的激情
无解的渴望
望眼欲穿
如瞬间定格于宇宙
恍若前世的兰
正伸展她经典的
柔软
一点点的席卷所有的理智
石化在她身旁

音乐

爱音乐

因为可以从中找到一种安慰

以至有所归属

我的心灵渴望一种温暖一种寄托

音乐像一阵黄昏时分的柔风一样轻轻地吹拂着

我的面颊我的发梢

吹进我的心室

我的灵魂

我会不由自主地

走进一片海滩一片森林一片晨曦

抑或是一种幻境

这是我的休息

音乐告诉我美丽的田园就在不远处

在那座小岛的田园里

阳光是温暖的

月光是柔和的

或许还会有一栋木屋

前面不远处有一条小溪

载着诗流向远方

远方的不远处是她的家乡

我只知道她会经常送来漂亮的水果和食物

我一直想去拜访和感谢她

想走她走过的桥渡她渡过的河

但是我却没有翅膀

光阴如流水

涉过忘川

我见过又忘记了

因为我开始间断的失忆

昨天的事情我今天就会忘记

所以我总是在有月光的傍晚守候

渴望在月光中看见她的笑

干净的温存的不含一丝杂质的笑

所以我心中的她永远是今天的模样

所以我总在勾画着结着绳

脑海中却没有清晰的轮廓

这是我的宿命

在音乐中我经常如入这样的幻境

它美丽静谧令人感伤

它是这个世界上的另一个时空

那里没有尘世的一切烦扰与伤痛

只有相依相知缥缈和无限

心曲

歌需要填词谱曲
你作曲
我填词
我们是一首美妙的恋歌

尽管
一阕词可以谱不同的曲
只有你是我的主旋律

尽管
一支曲可以填许多的词
只有我是你的主打歌

我追你
踏雪寻梅
越过青春的风景

你等我

心成烙印

望断高山流水

念念不忘必有回响

月亮

月亮

看到太阳累了

便毫不犹豫地替他尽起夜晚的职责

你是我心灵的天窗

一颗晶莹剔透的心里都是美好的时光

幸福中的我能为你做什么呢

我要给你更多的阳光

我要给你更多的温暖

我要呵护好你的心不能让她受凉

我要陪你一起到天堂

最奢侈的美好

有一种奢侈叫高山流水

当你高兴时你会第一个想到他

把你的快乐与他分享而他会比你更加高兴

他会陪你一起兴奋一起开怀大笑

当你伤心时你也会第一个想到他

他会用特有的方式

给你鼓励给你体贴

让你在关怀中感到丝丝温暖

在不知不觉中抚平你心灵的创伤

当因为你的固执而伤害了自己时

他会大声地训你

但你也从不会记恨

甚至体会到的是一种暖暖的心意

同时你也会为他而拿出你的真心与真情

也会把他的一切记在你的心间

当你知道他要出门远行

你会发自内心地为他的行程担心和祝福

当你知道他身体有什么不适

会真心真意地为他而感到心疼

当他的事业不顺心你会真心地为他焦急

并奉上你坚定的欣赏和真心的鼓励

这种异性你可以和他开各种深浅不一的玩笑

甚至说我喜欢你

而不必担心让他受到一丝一毫的伤害

你可以把自己所有的心里话都说给他听

而这时候的他就是一个最好的听众

一个最好的咨询专家为你解除心底的迷惑和痛苦

不用担心泄密或打小报告

这种人可遇不可求

这种人也有一日不见如隔三秋的相思

也会时时从心底扯出一丝丝牵挂

从而温暖你的心

这种人不管有多长时间没见

见了后都会有一种最亲最近的感觉

都会让你有一种温馨的暖意在心中升起

如果今生有了这样一位温暖的知己

就应该是人世间最奢侈的美好

印记

那时的行动如同飞鸟

振动翅膀飞向有你行走的远方

那身影和名字和自由一起涂满了天空

直到那朵思念的花邂逅雨露的时光

在流火郊野尽情地绽放

爱的涂鸦

成为新世纪的印记

从此心灵上打开了一扇窗

澎湃的心激荡着无名

灼热的文字高歌

将世界的眼眸点亮

温润的泉水

是生命的洗礼

雄了万物

闻香识人

只有你能闻到特别的芳香

那厚厚的红衣盖不住春梦般拔节的律响

一首爱的主打歌就唱在喉口

吸收着电视剧似曾相识的内涵

从多看的第一眼起

就注定了故事的神奇

从多动的第一招算

就喜欢了特有的韵律

西湖的水和千年的等张开柴扉

一片芬芳如顶上茶园

理智和冲动相得益彰

智慧和儒雅一起激荡

恰似那行云流水的温柔

浅深的探索

是爱的栖息殿堂

请在笑容里嫣一个酒窝

泛红那美丽的脸颊

把羞透的记忆盛满

知足

排斥又无理由
接受又与自己的心气不符
我走来走去
却走不出人生无奈
留下的几多愁苦
我想来想去
想找到一个安适的环境
令我自由舒服
然而生活不是随意采摘的瓜果
或许无意的碰撞中
闪现出几点真知的感触
总想找到一条成功的捷径
令我感觉一回人生的满足
然而生活不像神奇的故事
或许我落地的第一声哭曦
叫醒了一条婉转的路
春雨还未收藏好最后的雨珠
阳光已经从云层钻出
大地在金色中闪亮
为什么不知足

戏水

春风流淌成季节的绿枝条
雀跃的女人如鸟儿鸣叫
青翠了池塘边冒芽的小草

温泉的心情于身体之外蔓延
拨弄着天地灵秀的曲调

萌动的情愫挂满幻想的微笑
如粉红洁白的贵人出浴
舒展的姿势宛若爱琴海玉雕

记忆

随风落地合时节
香魂久驻沁心田
泼诗弄墨写恋曲
春回大地醉花间
记忆的眼眸里依然如昨
将剪不断的情思
绣成一弯月
清愁于心

是谁在桂香中轻言浅唱
在斗室里激情桑巴
将思念刻骨
将万种柔情移植在舞蹈里
踏着春风而来

柔情和相思化成呢喃细语
化作激越红潮
斟一壶经年旧事
醉卧幽幽月色里

细细地品酸甜苦辣

眼角涌起晶莹的泪

如浪漫情殇

梦莺双飞春雾浓

独坐孤舟泛水中

爱情无影前世定

你情我愿自由行

天地三更一问津

红尘情愁莫道因

吾祖不以金樽少

念诗情缘渡人心

爱的冬天

我在室内坐着，冬天在外面坐着
眺望外面，冬天正在被大街上的阳光温柔
看着里面，我正被鲜艳的手机页面吸引
这是温暖的冬天
梳洗过后，我会裹上外衣
提前把自己安然埋进柔软
就这样，所有的破坏都没法来临
我已用奇门遁甲
偷睡在你心中的那个角落
等你满溢的爱情水没过头顶

农夫

一条河流的两岸
左岸是快乐老家
右岸是新垦的希望田野

我喜欢每天早晨
蹚过河流
把时间献给耕耘献给希望

在夕阳西下的时候
带着疲惫带着收获
涉过忘川
回到休息的港湾

日出而作日落而息
有规律地往返于
一条河流的两岸
充满简单的幸福和希望
清爽的早晨
劳作的黄牛

怡人的雨后
太阳划过的痕迹
留在夜晚月亮的暗处
我是快乐的农夫

种子

全部的岁月只栽种思念的种子

没有哪一天是收获的时节

长长的玉芽

花开后庭

竟然深植心髓

白天　漂泊的文字偷渡到我的笔端

泛滥成没有韵脚的白话

夜晚灯火阑珊燃烧我的孤单

你是我梦中的浪漫

星光细碎的脚步

惊醒黎明的梦境

种子的心情在朝阳里沐浴

饮罢晶莹的露珠

和着清脆的电话铃催促

勿忘我

开在心的深处

我多想

我多想贴近春天的脸颊

在她的脸上开满鲜花

还有两行人字飞的大雁

不小心从翅膀滑落了归去的消息

我多想和一群蜻蜓

去触摸渐渐回暖的春水

在一条返青的紫藤上

享受属于自己的嫩芽

还想在燕子新筑的窝里

载满乔迁的喜悦心情

为着一个简单的传承愿望

而邀请

我多想以橄榄枝编织流过的日子

把所有的和平都穿戴在身上

我还想在浩大的春潮面前

剪下所有明媚的阳光

贴在未来的未来

送给地球村民

品茶

天赐尤物碧玉春

世间何物比清芬

三月含苞脱俗气

四月芽开出凡尘

五月河畔钟灵秀

六月岛上比佳人

冲冲泡泡何其乐

转眼悠然到黄昏

忘川之上啊

我将那一枚枚芽叉

捂成你羞涩的脸庞

那是远古的神话

看见鲜花在绿洲绽放

浅浅清唱翩翩起舞梦中的呼唤

满地桂香满楼茶香清晨的希望

于是，我采集着人世间的所有

元阳与月华

就像采集你给我的爱，神圣而芳香

春日

那是发春的日子

夜慢慢褪色

春雨迷蒙

润物无声

记忆

鲜亮成满天霞光

冉冉升起是你灿烂的脸庞

鸟飞过来

叼走一些在绿叶上小憩的雨点

挺直了腰身的小草

正打量着红得像火焰的桃花

无数枝恋爱中的花朵

正在争奇斗艳地开放

春天嫩嫩的笑脸

是一片片爱的海洋

抚弄

清晨，绽开的红唇

衔住一截苍翠

晶莹的露珠，从喉咙一路下滑

轻轻摇动

风在耳畔说着切切的私语

阳光把春雨拉向水底

纺织着绵绵的春梦

还有什么不可以拿出来晾晒

这一刻，我只想把你的长发打开

像一拨柳枝那样随意地抚弄

醒来了水面的圆梦

复活了绿色的魂灵

清亮了鸟儿的歌喉

轻盈了幸福的姿态

花神

站在春的花园里盛开

点燃少女的表情

而那一只远道而来的蜜蜂

闻到你的呼吸

挥甩不去

飞在春风里

喜欢把你

和每一朵花儿相比

哪个更香才能酿出甜蜜

春天的小溪

从你身边哗哗淌过

涉过朝圣的山涧

一路变幻着姿势

流到浙东故里

一袭白裙弥漫着乳汁

亭亭玉立

我的花神

我在更远的地方朝拜你

春

绿意缠绵的春
万物煽情的时
心有灵犀的约
高山流水的弹
感受发芽的力
拨开稚嫩的叶
跳出淡淡的羞
聆听开花的声

万家灯火的楼
天马行空的吹
细雨敲窗的贪
良宵时辰的短
攀登丰满的山
不喝忘情的水
涉过忘川的孱
才是童话的真

烟花三月

随便用一支笔，在江南
都能画出三月的繁荣
像从水里走出来的新月一样
嫩生生的
诱人

我知道你隐藏在春天的身后
柔软地等待阳光守护你的清雅和灵秀
不随意将花朵绽放在平常时刻
枝条嫩绿眉目清秀
令我为你坚守的诗行渗出酸愁

或许一米的阳光　不足为露珠增添更多的灿烂
或许不够充沛雨水　不能潮湿你全部的躯干
或许不够高的天台　不能让你触及天空之外更多的湛蓝
而我　今夜却想用一双温柔的手
企图盗走你的所有
如一株照水的河柳
赖在你的波心

轻轻拂扫起你的微澜

勇敢的故事终能点亮春天里清澈的明眸

用最灵敏的触角去感知你隐形的春讯

在你不经意的注视下生动膨胀

神奇

你的唇如娇嫩的玫瑰

你的脸如新生的莲

你的眼如一汪清澈的泉

你整个的人

是美的化身

欲的象征

你是唤起生命意识的蛇

你是关于原罪的神奇苹果

一切从未体验过的荷尔蒙

都在发生

用磁性与魔力的嘴

触动我的善良

激起出走的雄心

雨后

经过筛子过滤
昨天的乌云和暴雨
都化为了今天的晨露
情感的杂草疯长
温度不断地涨价
盈满酸楚的脚印
难于奔逐
唯有一枝小荷
看着盘中的露珠
颗颗晶莹蹦蹦跳跳
迸发出青春的欢笑
朦胧月色青春憬
浓郁荷香淡淡星
花蕾笑带胭脂雨
露落玉盘点点情

夏花

远行的那串韵脚
多么轻巧，多么稔熟
把内心的轨道渲染成一泓思绪
感动或者忧伤几天
在一簇簇盛开的夏花里
瞧见岁月深处那个少女
花儿一般灿烂
长发蔓延开去的缕缕芬芳
变成一缕清风吹向丝竹江南
带着七彩的音阶
在柳的一枝悬挂
轻轻叩击
簌簌作响的心灵
捧出几句呢喃和牵挂
倒满浅红的笑靥
将这关怀一起饮下
好情好意好心思
宜看宜听亦宜品
随心随意随网络
音清貌清风也清

一个和弦

春夏秋冬的轮回

种子发芽开出小花

在晴朗和风雨的日子

当快乐和痛苦记忆

流淌着亲切的汗香

伴着那亲情的乳香

和着那些浸着泪的句子

澎湃成母亲协奏曲

在心底流淌

坚韧而震撼

纯洁又耀眼

在人生的旅途上

一个和弦，偶然成必然

一个和弦，丰满而温暖

一个和弦，清醇而喜欢

一个和弦，发展成主题和乐章

思

思念一波一波涌动

冲破堤岸

努力遏制那飞扬的浪花

溅落的水珠仍打湿了衣衫

伸出手捞起记忆

每一朵都清晰可辨

每一瓣都写着期盼

一群彩色的积木在拼接

路上飞舞的裙摆

青梅和竹马

和都市的繁华

穿梭在光与影之间

擎着风光无限的儿童游戏

积木垒砌的欢歌

思念在高楼下

摇摇欲坠

花开花落

那时一朵花开了一半另一半正酝酿

一群鸟语

从树梢上滚落下来

击中理想

让遥远不得不低头

让美丽和疼痛

在左心挤满

在月光下行走

照亮了那些细碎的故事

准备放弃抵抗

端午

提一束艾感觉
远楚的故事
能提防邪气
使更多的人清醒

几片叶子饶有趣味
包裹一粒粒米
说是和心灵结伴
成就幸福的鱼

于是延长二千多年的天问
蕴含整个爱的灵魂
继续一起过节
善良的人让我感动
在思绪里涨了江水
闻到了水底的沉香
来到河边
等待风中那只红蜻蜓
随着花苞轻轻摇晃

时而立时而飞翔

偶尔叩动水面

多像在点击鼠标

按下生活这一键

兰花

石头和兰花的情缘

其实就是一滴露水

有了水就没了疼

有了石就有了依靠

终能听到生命

风送来一点残留的信息

用整个夜晚去阅读预览

新的一天开始

只有我能解读

此刻的脚步

高雅正从一个地方

慢慢走来

露珠

从第一滴，到另一片
大地不断收集雨水的反光
小心擦洗干净
一些多余的尘埃
一些短暂且混沌的头疼

恰如一粒种子
浸泡在温暖的土里
破壳的疼痛持续了好久
忽然发现枝丫上一滴最真实的露水
才是他一生
幸福的需要

感谢

让我怎么感谢
走向前的时候
原想收获一缕春风
却给了我整个春天
原想捧起一簇浪花
却给了我一泓温泉
原想欣赏美丽的眼眸
却折射出了整个四季
春天的种子
夏日的热舞
秋高气爽的远游
和冬日进入心门的温暖
感谢上帝
主宰我的世界

步行

七月流火激情丛生
老天偶尔会吐出一阵雨
仍浇不灭内心温度
不知多少闪电能发出颤音
当再次从一开始数
数到开始
数到某月某日
就成了岁月最美的一枚纽扣
于是一个人拎起那名字
轰隆轰隆了二百里
又选择步行三十里
加载蒙太奇
置身水乡旷野
如晚归的牧童
且行且忆且珍惜
不知不觉从梦幻走向现实

风送

晴或阴天
是拾起或放下
随意的风吹过来
是风以外的亲情
想着千里之外
哭过后还是花的颜和草的碧
述说的颤音
让和风
送去安慰
淡然入定透明的事变

收下泪水
洒向荷塘的圈圈点点
水天一色的背景
万物交融
万事皆宜

雨

年轻的心

离天堂那样地近

还是仲夏

何必把欢乐的颜色在视野里还原黑白

那片云飘来过

却还带着昨天的水汽

再一次触摸忧伤的心

在流动的云里抬升

让我们一起淋漓

等风清雨霁

矛盾

以一尾鱼的姿势从江那边游来
邂逅着异性的温柔
阳光的眸子被你的鱼尾射中
缠绵在长江深处
还想着
该向东还是向西

光是金黄的矛
如云流逝
踩着音乐靠近
向西再朝东
这段轨迹成为矛盾
将心思锲入时光的牙缝
在舌尖涂满低喃
宽恕借着吻
话里有了荆棘
若爱
就把花蕾连同荆棘
小心翼翼地收下

祈祷

音乐安静思念迷乱

一步一步吞噬着我的心

音符咬噬

并不在乎自己究竟有多少伤痕

只在乎天空里的星傍月

还能不能牵着手走过飘着桂香的街头

记忆缠绕过往点点滴滴

那样浓烈铭心刻骨

寂静夜空在思念谁

天灰蒙蒙的

感觉很沉闷

那边的离愁，这边的相思

有些无奈永远无法改变

月缺如船最让人动容

心在一起跳动

在星空下仰望上帝

希望有流星雨

可以祈祷

月圆的赌注

放大镜

用放大镜观察对面的幸福
就如同在饭菜边抓住厨师品味
在红酒杯口
抓住酿酒者的欢声笑语

当春暖花开时放大了爱情
当大地金黄时放大了收成
当疲倦的心互相亲吻时
放大了奔波的快感

放大了酒的热力花的芬芳
放大了月光的厚度和雨点的重量
除了不要放大缺点
有时还需要
放大宽容和耐心
告诉乌云明天的灿烂

哲学

易北河连着黄浦江

在德累斯顿的王宫遥望

五兽驾着马车

向心中的圣地飞翔

热气球在广场升腾

云中浪漫

天空是爽朗的

有云的蓝渐渐地被清风吹起

大地是这样的湿润和新颖

千湖之国将灵气唱响

一切的灰尘和污垢藏在了

它的历史土层里了

我的意识流在白云下

与帝国雄鹰赛跑

不远万里

心有灵犀

感觉到了哲学的力量

轻歌曼舞流到东方

不同凡响

夏日

轻轻地一个转身

就来到面前

热火就这样

燃烧了天边不躲避的云朵

迎着一脸红霞

安营扎寨

戏水六月

夏就是如此这般

日就是如此这般

宇宙的尘埃

抖落一地黄沙

露出沉重的狮身人面

身后的金字塔是宇宙的指针

还是灵魂飞升的通道

为什么要逃离

东出埃及的水道

西行戈壁的骆驼

是恒星过度膨胀的恐怖

还是另一个星球回家的召唤

是为传言者的地位还是应许之地的梦呓

还是为了掠夺美女殖民复制

两河流域的楔形文字记录了通天塔的炫耀和遏制者的

法典

让人相互猜忌纷争不已

甲骨文的祷告和东方老子的警告

阻止不了帝国争抢土地粮草黄金珠宝石油美钞

战争与和平或冷战

如剪刀石头布的游戏

弥天尘埃掩盖了宗教狂热和二百年国度全球争霸的歇斯

底里

多少发明如双刃剑反噬着人类良知

担心那握有核武的人精神错乱

狂幻的智能战士已经诞生

多少抗争的英雄豪杰为王道乐土千方百计屡败屡战

如过眼云烟记不住名字

可怜的地球村将没有生机

如亚麻布紧紧裹住法老和金发美女

一具木乃伊在西一具在东

都成为历史的尘埃

难道人类走着走着又回到了原点

什么时候才能有和平的清醒

才能涅槃出大同的灵魂

假期

太阳

惬意地打了一个滚

假期尾了

炎热淡了

到处飘逸着浑圆的渴望

被紫燕剪切的日子

早已模糊不清

只要一次浸润

就变得温柔无骨

在温暖的所在

躺在害羞的云朵上行走

呼吸歌山画水的心跳

只待望穿秋水的邂逅

在流淌着唇印里诉说着

浪漫的心语

重叠着理由

夏花和青蛙

夏以一种唯美的方式

盛开一朵粉红的莲花

骄傲地绽放

以公主的姿态

远远地望见儒雅

便无法矜持

成邻家女娃

绿荫下的青蛙

踏歌而来

和一曲雨打绿盖

吟一首蜻蜓小荷

盈盈荷塘间

这头抵达那门的殷勤

俨如莲花的红粉

没了王子的范架

醉

走进你的眼眸

走进叫做宇宙的空间

被久别的香醇迷得心悦激荡

等待和思念赚来重逢的时光

要说的话太多了先不说

牵手和慢舞溢出温馨

偎依和拥抱酝酿甜蜜

幸福在脸上漫开一道风景

就像漫画挂在天边

就像羊群牵着云彩

就像繁花镶嵌着草原

笑容在脸上转成酒窝

就如喝下马奶酒一样沉醉

上善若水①

三源交融，百年华章，师道弘扬。
有丽娃天堂，樱桃流长，
上善若水，仁爱无疆。

青春激荡，茁壮成长，蔚为栋梁。
追求真理，格致自强，
思维创新，行为垂范。
三十年河东，四十年河西，
智慧创获、品性陶熔，
汇东西文明、承古今学脉，
优雅学府桃李天下。
民族社会发展，幸福之花绽放，
复兴之梦引领辉煌。
攀科学之巅，担时代使命，
光大华夏，无上荣光！

---

① 华东师范大学建校 70 周年校庆主题曲

零和壹之歌①

荷花是丽娃河的品格
雪松是师大园的坚强
软院人
追求卓越全面发展

水杉是校友共植的记忆
实验室搭建互联的梦工厂
软院人
继往开来同谱华章

可信安全记心上
网络世界当自强
零和壹
指点江山青春交响

广阔未来在路上
让新科技注入理想

---

① 华东师范大学软件工程学院院歌

零和壹

勇争一流创造荣光

历史是乾坤规律的交替

数据是信息社会的源动力

软院人

精心设计编译码场

可信安全记心上

网络世界当自强

零和壹

指点江山青春交响

责任使命扛肩上

做元宇宙的裁判长

零和壹

强国赛道红旗飞扬

零和壹

强国赛道红旗飞扬

强国赛道红旗飞扬

后　记

　　时光岁月里，总有一个角落可以安放心灵，总有一处风景可以治愈疲惫，总有一个梦想可以放飞自我，总有一个知己可以高山流水，总有一场奋斗可以青春无悔，总有一个故事可以刻骨铭心，总有一个时代让人流连忘返。八十年代是为中华崛起而读书的年代，也是冰消雪融、生机勃发的年代。华东师范大学有一群腹有诗书气自华的文艺青年，他们观物取象、诗画天地，自组夏雨诗社，促成了大学生诗派的形成，为中国现代诗歌的发展造就了一大批诗人，开校园文化风气之先。我远远地观望着，没有走进那个校园诗先锋派的圈子。还是回头青睐历史系的《青年史学》，进而主编《教改参考》，偷闲欣赏着中国历史上古典和现代的诗词歌赋之美，田园诗恬淡疏朴、边塞诗雄浑豪迈、浪漫诗奇幻奔放和现实诗洞照苍生，都能激起我的心灵共鸣。因而偶尔写一些古韵或新韵的诗词，自我欣赏一下，自然更有"为你写诗"的冲动，助我养成了写诗的爱好。

　　一诗一世界，一词一菩提。诗歌是一种主情的文学载体。没有情的世界是冰冷的，没有人的文明是毫无意义的。近来 ChatGPT 火爆，能说会道还能写诗，但是它不可能具有创作的心路历程和人类有趣的灵魂。诗歌源于生活而高于生活，源于人们"窈窕淑女君子好逑"的性情，源于把酒言欢、指点江山的豪情，源于只此青绿、天涯明月的寄情，源于"桃花潭水深千尺"的友情，源于"可怜天下父母心"的亲情，源于铁马冰河、家国天下的爱国之情，源于悲天悯人、恩泽苍生的博爱。捷克诗人塞弗尔特说：诗首先应该具有某种直觉的成分，能触及人类情感最深奥的部位和他们生活中最微妙之处。诗歌可以这样地唤起对生活的爱，对那未知的、一切神秘生存的事物的爱。我轻扣诗歌的大门，踏进诗歌艺术的殿堂参访，在丰富多彩的现实世界里和博大精深的精神世界里寻觅那份心灵的颤动，感谢大爱之校的接纳、感动与灵魂伴侣的交流、感慨与名山大川的交融、感怀与滚滚红尘的交汇、感叹与一念之间的顿悟，心有所感，捕捉灵感，字斟句酌，平仄韵律，兴之所起甚至不拘一格直叙胸襟，乃人生快事。因为青春不羁和阅历肤浅，诗作中既有为赋新诗强说愁，更有浅染表面难入木。因为修炼不足和功底不够，自然缺少杜甫"吟安一个字，捻断数茎须"的精神，也没有王维诗中有画的才情。诗作的稚嫩和粗浅，这恰好说明，我仅仅是个有诗和远方之梦的业余爱好者之一。虽然写诗的人往往敏感，但老子云，夫唯不争，故无尤。所以欣然接受批评指正，也莫愁前路无知音。

出版一本诗集，是我近年的心愿。我给诗集起名为《恰逢其时》，是为了怀念改革开放伟大的时代，给了我们求学、求真、求是、求爱的机遇，生遇三年困难时期结束，学逢高考制度改革，业还是国家分配，家构建于非物质岁月，而后更是身逢盛世。所以一定要感谢王焰社长和曾睿编辑，她们在这个春意盎然的季节，成就了我的愿望。感谢刘梦洁在艰难的冬季边抗疫边校注，从杂乱的千余首似是而非的旧作堆中，筛选出345首作品。感谢刘永翔老先生为诗集作序。先生是文史大家，学富五车、精通韵律，先生在百忙中为后学欣然命笔，给予诸多勉励，让人感激涕零。借此机会感谢诸多朋友、同学、同事、校友、领导和家人对我的关心、鼓励和支持。

斯阳

于丽娃河畔

二〇二三年梅月